抗战救亡作品诵读系列

黄河在怒吼

HUANGHE ZAI NUHOU

抗战救亡诗歌精选

黄振南 陈 峥 编

GEP 广西教育出版社

图书在版编目（CIP）数据

黄河在怒吼：抗战救亡诗歌精选 / 黄振南编写.
—南宁：广西教育出版社，2015.8
ISBN 978-7-5435-8006-0

Ⅰ. ①黄… Ⅱ. ①黄… Ⅲ. ①诗集—中国—现代
Ⅳ. ① I226

中国版本图书馆 CIP 数据核字（2015）第 191808 号

策　　划：夏日炎　韦胜辉　　责任编辑：韦胜辉
责任校对：谢桂清　刘汉明　　装帧设计：梁伟琪

出 版 人：张华斌
出版发行：广西教育出版社
地　　址：广西南宁市鲤湾路 8 号　　邮政编码：530022
电　　话：0771-5865797
本社网址：http://www.gxeph.com
电子信箱：gxeph@ vip.163.com
印　　刷：广西大华印刷有限公司
开　　本：890mm × 1240mm　1/32
印　　张：3.75
字　　数：81 千字
版　　次：2015 年 8 月第 1 版
印　　次：2015 年 8 月第 1 次印刷
书　　号：ISBN 978-7-5435-8006-0
定　　价：9.00 元

前言

中国人民抗日战争暨世界反法西斯战争胜利70周年来临之际，我们应广西教育出版社之邀，选编这本《黄河在怒吼——抗战救亡诗歌精选》，从诗句中回顾那炮火连天、腥风血雨的战斗岁月，缅怀那些为民族解放事业奋勇杀敌、壮烈捐躯的英烈，告诉正在追梦的中华儿女勿忘国耻，激励渴求知识的莘莘学子奋发图强。

唐朝著名诗人白居易说得好："歌诗合为事而作。"生活在那刀光剑影的年代里，诗人们为抗战而创作的诗歌，林林总总，体裁不一，内容广泛，深深地打上时代的烙印。本书所选的诗歌，有的短短四句，有的长达数十行；有的格律严格，有的清新自由；有的出自文人墨客之手，有的由普通百姓创作。选编时，我们试图兼顾不同作者、不同地域、不同体裁的作品，以适应读者的多样需求。

考虑到青少年读者的阅读能力和习惯，我们倾向于少收那些用典深奥、音韵过严的律诗和变体诗，多录那些不事雕琢、平白易晓的近现代自由诗。还考虑到本书为MPR出版物，为便于录音和点读，在篇幅方面，我们少收绝句，不收长诗，而以篇幅适中者居多。

还需要说明的是，本书所选的诗作，尽可能从其发表的最初版本中选择，无法找到最初版本的，则尽可能从靠近写作时间的版本或我们认为较好的版本中选择。

各诗在不同地方发表时，文字可能有所差异。造成这种差异的原因多种多样，限于本书的篇幅，未能一一考证。有些字、词当时与现在用法有别（如时人用“那”指代“哪”等），差别大者，则按现在规范进行处理；虽有差异，但不影响阅读者，则一仍其旧，不做夹注。

所选各诗，有的标点符号与现在用法有所差别。同样，只要不影响阅读，亦保留原样。差别较大者，则略加修改。

原诗有些分行不太统一，兹按我们的理解略做调整，以便排版更加精美，阅读更加方便。

抗战诗歌是集结民众抗日的号角，是刺向敌人心脏的匕首。这些诗歌以其独特的魅力吸引读者，以其特有的语言书写历史。回溯艰苦卓绝的抗战历程，正谓是：

河山沦陷巨龙惊
枪口齐朝日寇鸣
铿锵豪言响云霄
中华军威震天庭
众志成城敌胆寒
英魂含笑传捷音

一首抗战诗歌，是一部内容丰富的爱国主义教材。当我们迎着喷薄而出的朝阳，在霞光中凝视冉冉升起的五星红旗，吟诵这些用血与火提炼出来的诗句，日本法西斯的铁蹄怎能忘？中华民族的尊严怎能忘？希望青少年朋友在诵读中缅怀先烈，勿忘国耻，为实现中华民族伟大复兴的中国梦而努力！

目录

第一辑　河山沦陷巨龙惊

1905 年，日俄战争降下帷幕，获胜的日本攫取了中国旅顺、大连等地的租借权和长春-旅顺铁路及其附属设施的财产权，由驻扎东北的关东军守护。绵延的铁轨，成了关东军蓄意启衅的导火索。而 1931 年“九一八”这颗重磅炸弹，引来了侵华战争的浓烈硝烟。

侵略者的凶狠残暴，南京国民政府的奴颜媚骨，使东三省顷刻落入敌手。铁蹄嘚嘚，兵连祸结，生灵涂炭，家破人亡，妻离子散，田畴荒芜。霎时间，神州大地乌云密布，风雨晦暝；沦陷区内哀鸿遍野，满目疮痍。心滴血，滴诸长城内外；眼流泪，流遍大江南北。沈阳难民皇甫瀛为家乡沦陷而失声痛哭，艮宾和初中学子霍松林因南京大屠杀而泣血控诉，国民政府官员于右任与贾景德、诗人田汉、广西省临时参议会议长李任仁目睹各地惨景而叩心泣血，一字一句都浸染着血与火的音符，每章每节均抒发着悲和愤的烈焰。

中华儿女不屈膝，疗伤唯有抡刀枪。于是乎，热血青年奋臂高呼，忧国学子弃笔从戎；于是乎，前线将士杀敌救国，后方百姓箪食壶浆。目睹山河破碎的惨景，四万万同胞踏上抗战的征程，驱逐日寇，收复国土；耳闻震天动地的炮声，沙场上官兵吹响战斗的号角，杀敌雪耻，自强图存。

忘不了，高二学生萧培、时代骄子李鹤群为鼓舞热血青年投身抗战的嘶声呐喊；忘不了，国民党官员耐之为吁请七尺男儿拯民保种的高亢呼声；忘不了，爱国将领宋哲元为鼓励官兵杀敌保疆的肺腑心音；忘不了，赵平智从红色延安发出以凯旋之曲来迎迓新年的殷切期盼；忘不了，陈寒霜用饱含深情的诗句召唤广西学生军报国守乡……

诗言志。战火散去七旬后，沐浴和平年代的雨露阳光，捧读这些催人泪下的诗句，朗诵这些血火交织的名篇，我们能不神情激越？我们能不百感交集？我们能不感慨万端？

血　泪　吟

皇甫瀛

连声炮火震窗棂，叫喊声音不忍听。
难妇逃来犹带血，声声何日可安宁？！

人民何罪苦遭灾，致使强邻豖突来！
越货恣淫还未已，又闻焚毁北粮台！

无边杀气起秋风，无限生灵掌握中。
最是堪怜不幸者，死尸遍地血犹红！

烽烟迷漫小街村，满目凄惶不忍论！
避祸人民携老幼，少年腕上有枪痕！

西关街上眼前看，载重车中血未干。
我国军警多被掳，此行惟恐再生难！

不仁麻木是青年，华服摩登尚笑颜。
此辈流氓终误国，果然别有肺心肝！

百姓无辜最可哀，为何水患又兵灾？
只为人心不爱国，以逢天怒降灾来！

商家闭板户关门，马道繁华断路人！
大好河山空失守？含冤百姓向谁伸？

辽垣城内乱如麻，伤心有国已无家！
亡省贫民谁顾惜，可怜党国大中华！

物换星移事已非，难民怅怅复何归？
缺衣欠食无生路，大人依旧自轻肥！

【阅读链接】 皇甫瀛，沈阳沦陷后逃至北平（今北京）的难民，生平不详。此诗写于 1931 年 9 月，选自陈汉平编注《抗战诗史》第 20～21 页，团结出版社 1995 年版。

【作品简析】 1931 年 9 月 18 日晚 10 时许，盘踞在中国东北的日本关东军经过精心策划，在辽宁沈阳柳条湖附近炸毁南满铁路的一段路轨，污称中国军队破坏交通，借机进攻东北军驻地北大营，制造了震惊中外的九一八事变。作者在诗中描述了因日寇挑起战争而造成沈阳居民被炸死炸伤，死尸遍地，鲜血淋漓，惨不忍睹的情景；揭露了侵略者越货恣淫，致使辽垣（沈阳）城内乱如麻的景象；斥责那些麻木不仁的青年人竟在此时穿着摩登衣裳，面带笑容，可憎可恨。此诗将沈阳居民无家可归之苦、生离死别之痛表现得淋漓尽致，读之令人悲愤。

辽宁沈阳九一八历史博物馆残历碑

哀南京

艮　宾

遥闻倭寇陷神京，
极目东南泪纵横，
玉砌园陵曾展拜，
琼华楼阁枉经营。
雨花台月今朝劫，
燕子矶云故国情，
五万男儿流沸血，
化为万古大江声。

【阅读链接】　艮宾，生平不详。此诗写于1938年1月27日，选自《经世》战时特刊1938年第7期，第25页。

【作品简析】　1937年12月13日，日军攻占南京后进行了惨绝人寰的大屠杀，30多万无辜的中国军民死于非命，无数房屋被毁，财产文物被大量掠夺。目睹南京沦陷后日寇大肆烧杀淫掠，繁华都市劫后凋零的景象，作者潸然泪下，悲愤交集。那些为保卫南京牺牲的将士，将永远活在人们心中。他们的血不会白流，而将化为万古长江的怒吼声，激起全国人民的抗战热情。全诗感人心肺，催人泪下。今天重读此诗是对亡灵的悼念，是对国耻的铭记。

南京大屠杀纪念墙

惊闻南京沦陷，日寇屠城

（二首选一）

霍松林

虎踞龙盘地，
仓皇竟撤兵。
元戎方媚敌，
狂寇已屠城。
血染长江赤，
尸填南埭平。
此仇如不报，
公理更难明！

【阅读链接】 霍松林（1921～ ），甘肃天水人。16 岁起发表抗战作品，被中国作协定为“抗战时期老作家”，获“以笔为枪，投身抗战”奖牌。此诗写于 1938 年春，选自霍松林著《唐音阁吟稿》第 8 页，陕西人民出版社 1989 年版。

【作品简析】 1937 年 7 月 7 日卢沟桥事变爆发后，中国进入全面抗战阶段。正在甘肃省立天水中学读初中的霍松林满怀大志，以抗日救国为题，写了许多诗歌和散文，发表在《陇南日报》《天水青年》《甘肃日报》上。作者忧时感事，他在此诗中揭露南京国民政府狼狈逃往重庆，致使虎踞龙盘的都城和军事重镇落入敌手；痛斥凶残的日军在南京进行惨绝人寰、骇人听闻的屠杀，造成数十万百姓和放下武器的中国军警惨遭杀害，鲜血染红长江，尸体填满鸡鸣埭（玄武湖）。年仅 17 岁的作者，与全国人民一道，发出了报仇雪耻、寻求公理的呼声。

战场的孤儿

于右任

一

举国愁兵火，
流亡何处归？
孤儿点点泪，
湿透母亲衣！

二

东村屋煨烬，
西郭人逃亡；
吾父征胡去，
何时死战场？

三

左邻小妹妹，
右邻小弟弟，
狂寇虏之行，
居心不能计！

四

战场儿孤儿，
祖国儿行涕；
何人卫祖国？
中华此孩子！

【阅读链接】 于右任（1879～1964），陕西三原人，中国近现代政治家、教育家、书法家。此诗写于1937年全民抗战之初，选自杨博文辑录《于右任诗词集》第215～216页，湖南人民出版社1984年版。

【作品简析】 1937年11月20日，作者在湖北黄陂视察，目睹战争给民众带来的深重灾难，无数儿童成为战争的受害者，尤其可怜，遂作此诗。诗中，作者以深沉的笔触描绘孤儿在父亲战死后依偎在母亲怀中，辛酸的眼泪湿透了母亲的衣裳，悲惨凄凉，接着笔锋一转，将孤儿的眼泪喻为祖国的泪水，呼唤孤儿们将泪水擦干，奋起救国，体现出作者强烈的爱国情怀。

图为被日军轰炸后上海火车站的惨景。那啼哭的幼小孤儿，令人怜悯

冬日杂咏

贾景德

村东蓝缕妇，
云是战士妻。
冰天雪地中，
母哭儿饥啼。
夫婿少也壮，
从军赴晋西。
血肉当炮火，
横飞山之蹊。
遗此小儿女，
龙钟况母慈。
饥寒胡足论，
所望在此儿。
血债终须偿，
九世犹非迟。

【阅读链接】　贾景德（1880～1960），山西沁水县人。光绪三十年（1904）进士。抗日战争时期，曾任第二战区司令部秘书长等职。此诗选自《民族诗坛》1939 年第 1 期，第 33 页。

【作品简析】　此诗用沉痛的笔调，以一位可怜的寡妇在丈夫战死沙场后独自抚养幼儿和老母为素材，刻画日军侵略给中国人民带来的灾难，勾勒出一幅“冰天雪地中，母哭儿饥啼”的惨景，如泣如诉。儿童是祖国的未来，作者强忍痛楚，祝愿壮士遗孤早日长大成人，继承父志，保家卫国。

重返劫后长沙

田　汉

长驱尘雾过湘潭，
乡国重归忍细谈！
市烬无灯添夜黑，
野烧飞焰破天蓝。
衔枚荷重人千百，
整瓦完垣户二三。
犹有不磨雄杰气，
再从焦土建湖南。

【阅读链接】 田汉（1898～1968），湖南长沙人。中国现代戏剧的奠基人，中华人民共和国国歌《义勇军进行曲》词作者。曾任文化部戏曲改革局和艺术事业管理局局长、中国戏剧家协会主席等职。此诗写于1938年11月，选自《田汉诗选》第28页，人民文学出版社1982年版。

【作品简析】 1938年10月，湖北武汉失守，日军继续向南推进。抵达湘阴后，国民党守军惊恐失措，于11月12日夜间放火烧毁了整个长沙市，这就是抗战初期震惊中外的“长沙大火”。5天后，在国民政府军事委员会政治部第三厅负责艺术宣传工作的田汉、洪深等人奉周恩来指示，率领第三厅下属两个演剧队，从衡阳三塘前往长沙，开展灾后救济工作。目睹全城惨不忍睹的情景，诗人悲愤填膺，痛斥当局给故乡长沙带来这一罪恶劫难，表达了要在这片废墟上重建家园的英雄气慨和不屈不挠的奋斗精神，抒发了广大人民坚不可摧的意志与诗人抗战必胜的信念。

忆桂林

李任仁

千载经营犹未是，摧残一旦已成灰。
漓江桂岭从今后，无复当年花盛开。

借口查奸自作奸，家家户户断炊烟。
桂林多少香枝叶，总被瘟神送上天。

桂岭秋深歌管息，尧山高峙白云寒。
七星岩内游踪绝，独秀回头不忍看。

中正桥边敌帜张，伏波山下倒澜狂。
金城天险一弹破，枉费防工五月忙。

炮响龙珠咽漓水，薰风叠彩少人过。
何当再话陶庐日，百咏清明不厌多。

一别榕垣又几时，渡江何处再征诗。
绕城漓水依然在，只少凭栏看鹭鸶。

【阅读链接】　李任仁（1886～1968），广西临桂（今桂林市临桂区）人，秀才出身。1910 年加入中国同盟会。新桂系要员。中华人民共和国成立后历任华侨事务委员会副主任、广西壮族自治区副主席等职。此诗选自魏华龄等主编《桂林文史资料》第 35 辑《李任仁诗文选》第 242～243 页，漓江出版社 1997 年版。

【作品简析】 抗战时期的桂林，是中国西南大后方的中心城市之一。抗战爆发至1944年11月10日桂林沦陷，日军飞机狂轰滥炸该市上百次，世所罕见。作为目击者，时任广西省临时参议会议长的李任仁回忆省会一次次被炸的厄难，惨景历历在目：千年古城化为灰烬，街巷里的管弦乐歌没有了，尧山上的白云观寒气逼人，七星岩、叠彩山人迹罕至，独秀峰下的省府办公处所被夷为平地，作者在叠彩山下为招友赋诗修建的陶庐毁于一旦，省参议会为新桂系将领徐启明军长赴皖履新饯行征集的诗集《渡江集》成了过去，国民党军队花费近半年时间修筑的防御工事不堪一击，致使日寇长驱直入，在中正桥（今解放桥）、伏波山一带为非作歹。山水甲天下的名城从此冷冷清清，美丽的漓江两岸再无百花争妍的盛景，江上除了孤苦伶仃的鹭鸶别无他有。此诗是血海深仇的控诉，是奇耻大辱的纪录。侵略者罪大弥天，罄竹难书，从诗中可见一斑。

抗战时期广西桂林被轰炸后的景象

起来吧，热血的青年

萧 埥

这便是世界上的所谓公理？
这便是世界上的所谓和平？
我们可以猛醒了吧，这个哑谜，
惟有与那狰狞的魑魅努力火并！
——起来吧，热血的青年！

无理地占尽了我们的地界，
无辜地杀尽了我们的军民，
呵，这便是素称亲善的邻国所为：
不分昼夜地连续开放，炮声频频。
——起来吧，热血的青年！

青年啊，我们是不是那冷血的动物？
青年啊，我们是不是那无知的野兽？
不可忖测的奇异灾难，已经临头，
我们哪里再能，依然低首忍受！
——起来吧，热血的青年！

看啊，大好的江山已被破坏，
听啊，隆隆的炮声仍在怒放，
这是给予我们的奇耻大辱，
一幕幕的悲剧啊，牢记勿忘！
——起来吧，热血的青年！

军号呜呜，
战鼓咚咚，
我们一律武装起来，作那战士，
一切的一切都牺牲了，不管悲痛！
——起来吧，热血的青年！

殷血染遍了我们的锦绣园地，
枯骨堆积成了那未来的高山，
宁愿死在炮火弥漫的阵前。
不愿享受那亡国灭种的悲惨！
——起来吧，热血的青年！

【阅读链接】 萧堉，某校商科高二学生，生平不详。此诗作于1931年9月30日，选自《铃铛》1932年第1期，第383～385页。

【作品简析】 1931年九一八事变爆发一周内，辽宁、吉林两省大部分领土沦陷。面对日本的野蛮侵略，国民政府采取了媚外卖国的退让政策，蒋介石提出“以公理对强权，以和平对野蛮”，助长了日寇的侵略野心。在中华民族亡国灭种的关头，热血沸腾的高中生萧堉奋笔疾书，呼吁广大青年不要甘受奴役，要化悲痛为力量，积极参军参战，在军号、战鼓的催征下奔赴前线，抵御日寇，保卫祖国的大好河山。其爱国之坚贞，情怀之诚挚，感人肺腑。

青年们，醒来

李鹤群

青年们，醒来！
你看：同胞的尸骸遍地；
你听：同胞的凄惨哀号；
这还不能惊醒你的灵魂吗？

青年们，醒来：
你看：倭奴在国土的纵横蹂躏；
你听：倭奴在东北的残暴呼声；
这也不能惊醒你的灵魂吗？

青年们，醒来：
为国家雪耻，
为同胞复仇，
这是你最大的责任！

不要迷恋着爱人的红唇，
不要追求着飘渺的幻梦，
那是前途的麻醉剂，
那是国家的致命伤，
青年们，醒来！

青年们，醒来；
来，搀起手儿来！
去：冲上前线去！

驱逐强暴的倭奴，
恢复我们的国土！

【阅读链接】 李鹤群，生平不详。此诗选自上海法政学院抗日救国会宣传部1931年10月6日编《抗日特刊》第65～66页。

【作品简析】 自从日寇在东北制造事端，国土受到践踏，强烈要求抵抗之声便不绝于耳，高校师生更是一马当先。李鹤群作此诗，号召广大青年从同胞的凄惨哀号声中醒来，暂别花前月下的卿卿我我，肩负起时代的重任，奔向抗敌战场，驱逐日寇，收复国土，为同胞报仇雪恨。全诗意境轩昂，充满战斗激情，表达了爱国青年的共同心声。

自强歌

耐之

好男儿，当自强。
莫观望，莫彷徨。
国破家亡遑顾惜？
救民保种须担当！
脱去洋装与革履，
换将军服走戎行。
拼我七尺躯，
死向古辽阳。
拼我一斗血，
流向鸭绿江。
誓扫狼烟靖边土，
尽歼群盗保圉疆。
痛饮黄龙固欢乐；
陈尸白水亦荣光！
我生国必死，
偷生亦可伤！
我死国乃生，
虽死亦何妨？
万众同怀必死志，
我信中华决不亡！
君不见：
东北军人不抵抗，
辽吉龙江尽沦丧；
沪滨守土有铁军，

吴淞炮台今无恙。
吁嗟呼！
哈埠敌骑正飞扬；
闸北今成瓦砾场。
高丽琉球殷鉴在，
速修守备固边防。
我今作歌号自强，
劝君负戟指东方。
旧耻新仇一齐雪，
伫看他日奠扶桑。

【阅读链接】 耐之，生平未详。此诗选自许晚成编《民族人格斗争文学集》第258～260页，三星贸易公司1932年发行。

【作品简析】 日本侵略者占领东北、进攻上海之后，中华民族到了生死存亡的关头，“保民保种”成为举国上下的呼唤。作者在诗中号召有血性的男儿勇挑重任，换上戎装，参军参战，不做苟且偷生的懦夫，甘当誓死保国的勇士；指出为救国而捐出七尺之躯，这是无上荣光的事，只要我们万众一心，不怕牺牲，日寇灭亡中国的阴谋绝不会得逞。全诗一贯到底，以自强不息、不畏强暴的精神勉励广大热血青年，是高亢凌厉、威震敌胆的战斗号角。

杀敌救国歌

宋哲元

一

中国要自强，齐心到战场。
杀尽日本军，铲除狗豺狼。
自从“九一八”，寻衅在沈阳。
占了东三省，热河也遭殃。
强占我平津，又往上海闯。
进扰我南口，察北亦披猖。
得寸又进尺，要把中国亡。
同胞须奋起，人人都抵抗。

二

国人要认清，日寇太蛮横。
经过城乡镇，钱粮抢一空。
奸淫人妇女，残杀人弟兄。
有敌就无我，两者不相容。
中华好男儿，为国应尽忠。
同胞雪此耻，个个向前冲。
杀一日本兵，心中还不平。
要杀便杀尽，方能算成功。

三

同胞要认真，救国莫因循。
国破家亦破，国存家始存。
无论前后方，责任不可分。

或者出人力，帮助杀敌人。
或者出物力，接济我国军。
国家有决心，人民不怕拼。
我们全中国，大家同一心。
打退敌人后，幸福自来临。

四

大家倾耳听，国军已进攻。
同胞都奋起，个个逞威风。
枪击敌飞机，人人都能成。
奋勇夺敌炮，紧追不放松。
破坏坦克车，要用炸弹崩。
有进决无退，努力向前冲。
日本必然败，中国一定胜。
打回老家去，宁死也光荣。

【阅读链接】 宋哲元（1885～1940），山东乐陵人。曾任冯玉祥部师长、陕西省主席、29军军长，被誉为西北军的“五虎将之一”。七七事变时率部奋起抗战，后任国民党第一集团军总司令。该诗引自解放军红叶诗社选编《抗日烽火诗词选萃》第145～146页，解放军文艺出版社2007年版。

【作品简析】 为培养部队中下级军官，宋哲元于1936年成立学生军事训练团，招收青年学生参训。卢沟桥事变爆发后，为唤醒学员的抗日热情，激励他们奋勇杀敌、自强救国，宋哲元撰写了这首《杀敌救国歌》，痛陈日军对中国人民犯下的滔天罪行，激发中国军人奋起抗击日本侵略者及树立抗战必胜的坚强信心。全诗通俗易懂，激情真切，感染力强，在29军中流传极广。

战斗的一九三八年

赵平智

（一）

汹涌澎湃的浪涛，在东亚之滨，
中国人民掀起解放的怒鸣，
“一九三七”爆发了为和平，生存而自卫的战争，
用凯旋之曲来迎迓“一九三八”罢！

（二）

战斗的“一九三八”是收复失地的解放之年，
今年要把凶恶的日寇埋葬在坟墓里去。
反抗的铁流，翻卷起太平洋的狂潮，
中华民族的伟大新生，就在今朝。

（三）

战斗的“一九三八”是全人类为和平奋斗之年，
全世界高举起雄伟的铁拳，
粉碎那法西斯疯狂的侵略战争，
看！和平的阵线已在胜利的（地）向前推进。

（四）

战斗的“一九三八”是保卫民主之年，
莫管法西斯侵略魔王，如何的疯狂，
民主的狂飙，正在不断地冲击，
不久的未来，将随“一九三八”而暴啸。

（五）

战斗的“一九三八”是艰苦奋斗的一年，
看！险阻的战云布满了全球，
听！日寇的残酷的炮火，响彻了辽东，
争取胜利的重负，放在我们的双肩。

（六）

战斗的“一九三八”是人类解放之年，
她带给了我们以光明的希望，
引导人们走向自由，平等，幸福的道上，
但要求人民以战斗的努力，去铲除大众的公敌。

（七）

汹涌湃澎的浪涛，在东亚之滨，
中国人民掀起解放的怒鸣，
“一九三七”爆发了为和平，生存而自卫的战争，
用凯旋之曲来迎迓“一九三八”罢！

一九三七年行将消逝的前夜于延安

【阅读链接】　赵平智，生平不详。此诗写于1937年12月31日，选自《新中华报》1938年1月5日第4版。

【作品简析】　全面抗战爆发后，中国人民同仇敌忾，还击日寇，不到半年，就取得了平型关大捷等一系列胜利，狠狠打击了日军的嚣张气焰。作者在诗中通过辞旧迎新来歌颂抗战硕果，预测日本法西斯将因全世界爱好和平人民的反对而失败，指出胜利之路的漫长和艰险，号召人民为争取和平、民主、解放而不懈奋斗。全诗气势雄壮，热情奔放，抒发了作者对日寇必亡、抗战必胜的坚强信心和乐观精神。

向 战 场

——给学生军同志

陈寒霜

西江的战云紧张，
北海的火浪滔烫，
同志！告诉你，
这是时候，
这是报国守乡的时机，
我们要去，
毫不犹疑的！
——看呀！
家乡的边地
蔓延着侵犯的火舌
我们哪能忍心看这优秀的民族，
博大的疆土，
灭亡，失陷在我们的眼里！
不呀，同志！
我们有的是一股勇气，
为要承继历史，
我们要向南边的战场，叱咤风云，
征战千里，
守家乡，驱蛮敌！

一九三九，桂林环湖路第三团

【阅读链接】 陈寒霜，广西学生军第三团学生，生平不详。此诗写于 1939 年初，选自《广西日报》（桂林版）1939 年 2 月 23

日第4版。

【作品简析】 1938年10月，日军占领广州、武汉后，广西危在旦夕，新桂系决定成立学生军，以动员民众配合正规军作战。学生军共有3个团，4200多人，在桂林集中训练。第三团驻地为桂林女子中学（今榕湖北路桂林市粮食局所在地）。此诗为作者写于训练之余。作者在诗中号召从军学生在广州沦陷、八桂告急之际，毅然冲向战场，驱逐日寇，保家卫国。全诗气势恢宏，不事雕琢，直抒胸臆，表达了青年学生投笔从戎、献身民族救亡的高尚情操和报国立功的坚强决心。

广西学生军进行军事演习

第二辑　枪口齐朝日寇鸣

魔掌既已伸向神州，铁蹄既已蹂躏中华，民族危亡旦夕立现，倾力抵抗、收复河山乃唯一出路。照说，这一出路明摆眼前，别无他途，理应成为四万万同胞的共同心声和不二选择。然而，不抵抗的杂音伴随枪炮声袭来，给战云密布的天空陡增了浓浓阴霾，给硝烟弥漫的疆场带来了负面影响，更给波澜壮阔的抗日救亡运动造成了巨大损失。

杂音需要滤去，热血满腔的青年教师李贯慈痛斥放弃抗敌的国贼，回族共产党员马本斋为“男儿空有凌云志”感慨不已，从海外归国的何香凝，怒寄裙子给蒋介石及黄埔军校毕业的将领，怒骂蒋介石“枉自称男儿”，令人赞叹。告别妻儿奔战场的杨沧白，对19路军未得援兵愤愤不平；感叹“世事纷纭奈若何”的杨虎城将军，则扣押蒋介石逼其停止内战；为抗战而遭国民党特务逮捕的共产党员吉鸿昌，甚至用宝贵的生命去谱写爱国诗篇。这一切的一切，便是那个时代的主旋律。

伟人毛泽东登高望远，借祭黄帝之机，发出不分党派、结成抗日统一战线的主张，得到全国人民的支持和拥戴。国民党要员李济深等以实际行动响应号召，作诗传世。时人齐心团结，一致对外的呐喊，促成了教育家陶行知对黑龙江省主席马占山突破不抵抗政策的褒扬、清华学

子杨述对一二·九爱国运动的歌颂、爱国将领冯玉祥对傅作义将军坚持民族大义的肯定。而中国战机飞抵日本投掷“纸弹”的壮举，则是枪口对外的实战。

抗日民族统一战线是中国共产党顾大局、识大体，以中华民族利益为重，摒弃前嫌，倡导并推动第二次国共合作的结晶。世事沧桑，这一结晶将永垂青史。

正是在统一战线这面大旗下，每一位有民族自尊心的中国人都为抗战自豪，都为击敌而高歌，留下不朽篇章，传诸万世。

哭辽东

李贯慈

哭罢江山无泪流，
亡国惨祸已临头！
恨尔民贼方得意，
哀此匹夫能不羞？
复我片土可百世，
杀敌一毛足千秋！
男儿一副好身手，
拼将热血洒神州。

【阅读链接】 李贯慈（1908～1947），河南沁阳人，1929 年考入省立开封高级师范学校。1931 年九一八事变后休学，回沁阳师范学校任教。他痛斥蒋介石的不抵抗政策造成大片国土沦陷，与校长杨春雷等人组织“中秋月夜座谈会”，创作并朗读此诗。此诗写于 1931 年 9 月 23 日辽宁失陷之后，选自萧三主编《革命烈士诗抄》第 204 页，中国青年出版社 1959 年版。

【作品简析】 中国三大半岛之一的辽东半岛，秀丽富饶。辽东痛失，祖国大好河山接踵沦陷，执政者对此无动于衷，忙于内战。面对此情此景，作者欲哭无泪，悲愤至极，以诗袒露胸臆。他在诗中痛斥出卖国家利益的民贼，呼吁全国民众团结起来，结束内部纷争，一致抗日救国，全力收复失地。全诗激情澎湃，闻之感人至深。

抒　怀

马本斋

风云多变山河愁，
雁叫霜天又一秋。
男儿空有凌云志，
不尽苍江付东流。

马本斋像

【阅读链接】　马本斋（1901～1944），回族，河北献县人。早年曾流落东北，参加过东北军。抗日战争爆发后，在家乡组织回民抗日义勇队并任队长。1938 年率部参加八路军，加入中国共产党。他率领回民支队驰骋在冀中平原，英勇善战，威名远扬。1944 年在山东省莘县不幸病逝。2009 年，马本斋被中央宣传部、中央组织部等 11 个部门评选为“100 位为新中国成立作出突出贡献的英雄模范人物”。此诗写于九一八事变爆发后，选自陈志红主编《红诗一百首》第 63 页，南方日报出版社 2011 年版。

【作品简析】　九一八事变时，马本斋在国民党暂编第 1 军第 21 师任团长。眼看祖国山河被日寇蹂躏，黎民百姓苦不堪言，当局却置之不理，具有强烈爱国心的马本斋忧心如焚，无限怅惘，挥笔写下此诗，抒发了忧国忧民的热血情怀。诗中对壮志难酬的感叹，体现了一位少数民族军官的高尚情操，吐露了全国人民团结抗日的愿望和志向。

为中日事赠蒋介石及中国军人的女服有感而咏

何香凝

枉自称男儿，
甘受倭奴气。
不战送山河，
万世同羞耻。
吾侪妇女们，
愿赴沙场死。
将我巾帼裳，
换你征衣去。

【阅读链接】　何香凝（1878～1972），广东南海人，民革主要创始人和领导人。早年追随孙中山，坚持孙中山的三大政策。九一八事变后，从事抗日民主运动。新中国成立后，曾任全国政协副主席等职。此诗写于1931年冬，选自中国蔡元培研究会编《蔡元培全集》第14卷，第418页，浙江教育出版社1998年版。

【作品简析】　1932年，一·二八事变爆发，日军大举进攻上海，国民党第19路军奋起抵抗。从法国巴黎回国的何香凝组织妇女慰劳抗日部队并救助伤员，其间她到南京去找蒋介石，请求支援19路军抗日，蒋虽接待，却只字不提支援抗日之事。何香凝愤怒至极，返沪后将自己的裙子寄给蒋介石，并附该诗。此前，她曾将女子衣服与此诗分送多位黄埔军校毕业的将领。作者在诗中斥责蒋介石自称男子汉，却甘心忍受“倭奴”欺凌，将大好河山拱手相送。作者以女服和诗句讽刺蒋介石的不抵抗政策，激蒋下决心抗日，鼓励广大军民英勇抗战，用心良苦，尤能体现女性思维的细腻和巾帼不让须眉的本色。

函某将军密请援师有作

杨沧白

神勇争嗟十九军，
老夫涕泪捷初闻。
壕边弹霰欲成雨，
海上枪烟沓作云。
已分虫沙犹未化，
可怜玉石痛俱焚。
援师北望伤迟发，
啮血呼天夜草文。

【阅读链接】 杨沧白（1881～1942），四川巴县（今重庆市巴南区）人。早年参加辛亥革命。抗战爆发后，拒绝汪伪政权利诱，告别妻儿，转归重庆参加抗战。此诗作于1932年，选自杨沧白著，重庆市文化局、重庆市博物馆编《天隐阁集》第71页，重庆出版社1991年版。

【作品简析】 一·二八事变爆发后，日寇逼近当时的国都南京，国民政府仍不积极抵抗，寄希望于国联交涉解决，不但对守御上海的19路军接济不力，而且扣留各地捐款，阻止第5军士兵参战，致使19路军弹尽粮绝，死伤惨重。作者时任国民党中央监察委员、国民政府委员，密函冯玉祥搬请援军，冯在军事委员会提出发兵10万增援19路军，虽经会议通过，但因蒋介石阻挠未能实现。本诗表达了作者壮志未酬的悲愤心情，读之令人扼腕顿足，痛心疾首。

无 题

杨虎城

崇仁楼上感慨多，
世事纷纭奈若何！
大好河山今安在？
恨不杀敌奏凯歌。

杨虎城像

【阅读链接】 杨虎城（1893～1949），陕西蒲城人。早年参加辛亥革命，历任国民党第17路军总指挥、陕西省政府主席等职。1936年在中共抗日民族统一战线政策的影响下，和张学良一起发动西安事变，扣押蒋介石，逼蒋接受停止内战、一致抗日的主张。1949年被蒋介石密令杀害。此诗写于1934年11月，选自石叟等选编《中华民国诗千首》第192页，海南出版社2013年版。

【作品简析】 1933年，日军占领热河，进逼长城，华北形势骤然紧张。杨虎城眼看大好山河沦于敌手，主动请缨抗战救国，蒋介石不但不予支持，反而撤免其陕西省政府主席的职务。翌年冬，杨虎城登上汉中崇仁医院的崇仁楼，凭栏眺望，面对外敌入侵，内战纷纭，百感交集，挥笔写下此诗。眼看祖国的锦绣河山遭到日寇蹂躏而无能为力，作者擂胸捶背，感慨万千。诗中抒发了作者报国无门的极度悲愤心情，感人尤深。

就 义 诗

吉鸿昌

恨不抗日死，
留作今日羞。
国破尚如此，
我何惜此头！

【阅读链接】 吉鸿昌（1895～1934），河南扶沟人，抗日爱国名将。1913 年入冯玉祥部，1934 年加入中国共产党，后因积极抗日而遭国民党政府杀害。此诗写于 1934 年 11 月 24 日临刑前，选自何云春主编《中华红诗精选》（珍藏版）第 71 页，线装书局 2013 年版。

吉鸿昌像

【作品简析】 1933 年 5 月，吉鸿昌联合冯玉祥等组织抗日同盟军，英勇战斗，收复了许多失地，深受全国人民的拥戴。然而国民党政府却推行“攘外必先安内”的反动政策，对外屈膝退让，对内屠杀爱国志士。次年11 月，国民党特务勾结天津法租界工部局将吉逮捕，后引渡到北平（今北京）陆军监狱，蒋介石随即下达“立时处决”的命令。在刑场上，吉鸿昌面对黑洞洞的枪口，泰然自若，以树枝做笔，以大地为纸，写下了这首荡气回肠的绝笔诗，然后从容不迫，慷慨就义。面对死亡，作者不惜牺牲自己的生命，只为山河破碎而痛心疾首。这种视死如归的高尚节操，是中华民族不可战胜的精神魂魄，惊天地而泣鬼神。

祭黄帝陵

毛泽东

维中华民国廿六年四月五日，苏维埃政府主席毛泽东、人民抗日红军总司令朱德恭遣代表林祖涵，以鲜花束帛之仪致祭于我中华民族始祖黄帝之陵

赫赫始祖，吾华肇造。
胄衍祀绵，岳峨河浩。
聪明睿知，光被遐荒。
建此伟业，雄立东方。
世变沧桑，中更蹉跌。
越数千年，强邻蔑德。
琉台不守，三韩为墟。
辽海燕冀，汉奸何多！
以地事敌，敌欲岂足？
人执笞绳，我为奴辱。
懿维我祖，命世之英。
涿鹿奋战，区宇以宁。
岂其苗裔，不武如斯。
泱泱大国，让其沦胥？
东等不才，剑屦俱奋。
万里崎岖，为国效命。
频年苦斗，备历险夷。
匈奴未灭，何以家为？
各党各界，团结坚固。
不论官民，不分贫富。

民族阵线，救国良方。
四万万众，坚决抵抗。
民主共和，改革内政。
亿兆一心，战则必胜。
还我河山，卫我国权。
此物此志，永矢勿谖。
经武整军，昭告列祖。
实鉴临之，皇天后土。
尚享！

【阅读链接】 毛泽东（1893～1976），湖南湘潭人。伟大的马克思主义者，无产阶级革命家、战略家和理论家，中国共产党、中国人民解放军和中华人民共和国的主要缔造者和领导人。该诗最早发表于《新中华报》1937年4月6日第3版。该报系手刻蜡纸油印，原诗无标题，此文标题为编者所加。

【作品简析】 1936年12月12日，东北军首领张学良、十七路军总指挥杨虎城在西安扣留国民政府军事委员会委员长蒋介石，逼其放弃“攘外必先安内”政策，史称“西安事变”。经中共中央和周恩来的努力，以蒋接受“停止内战，联共抗日”的主张而和平解决这一事变，为国共联合建立抗日民族统一战线创造了条件。为扩大国共两党联合抗日的影响，翌年4月5日两党以清明节祭祖为由，分别派代表赴位于陕西黄陵县桥山的黄帝陵举行公祭仪式并宣读祭文。中共的祭文由毛泽东撰写。这篇韵文体祭文，其主体可视为一首四言诗，在追述轩辕黄帝丰功伟绩的基础上，号召全民族及各党派团结一心，组成抗日民族统一战线，收复被侵略者强占的疆土。全诗层次分明，古朴厚实，庄重肃穆，感染力强，读来催人奋进。

国难抒怀

李济深

国难方殷寇正强，
存亡续绝费商量。
可怜责任成虚负，
到处游观没主张。
风景纵佳游兴减，
江山依旧主无常。
应知巢覆无完卵，
几度登临几断肠。

【阅读链接】 李济深（1885～1959），广西苍梧人。抗战前曾任黄埔军校副校长、广东省政府主席等职。抗战爆发后，响应中国共产党一致抗日的号召，反对国民党政府的反共政策。中华人民共和国成立后，历任中央人民政府副主席、全国人大常委会副委员长、全国政协副主席等职。此诗写于1938年，选自《李济深诗文选》第8页，文史资料出版社1985年版。

【作品简析】 1937年全面抗战爆发后，李济深坚决拥护中共倡导的抗日民族统一战线，曾写信劝蒋介石邀请毛泽东、周恩来等一起商讨抗日大计，蒋不予理睬。7、8月间，李应蒋之邀到南京“共赴国难”，并请缨杀敌，但不受信任，其救国建议也未被蒋采纳。此诗体现了作者空有满腔爱国热情，几经努力均事与愿违的悲愤之情和抑郁心理。诗中作者的“可怜责任成虚负”之哀、“几度登临几断肠”之愁，令人叹惋不已。

救国抗日一条心

佚 名

十大联军十万人，
救国抗日一条心。
步炮联合除倭寇，
铁骑纵横扫妖氛。
但愿民族获解放，
白山黑水庆升平。

【阅读链接】 此诗写于1935年2月，作者不可考，选自陈汉平编注《抗战诗史》第89页，团结出版社1995年版。

【作品简析】 1931年以前，东北各地自发组织起义勇军、救国军、自卫军等各种抗日队伍。九一八事变后，这些队伍不顾蒋介石的不抵抗命令，以各种方式抗击侵略者，游击战是其主要战法。1933年9月以后，这些队伍相继改编，成为中国共产党领导的英雄部队。从长白山下到松花江畔，从兴安岭山区到松嫩平原，从密林深处到城乡之间，到处都有他们纵横驰骋的身影，茫茫林海是他们的藏身之地，皑皑白雪伴他们袭击敌人，使数十万日伪军惶恐终日。作者在诗中讴歌抗日健儿联手杀敌，企盼民族获得解放，早日实现天下太平。作者在诗中所表现出的坚定信念、乐观豁达，有助于调动民众的抗日情绪。

东北抗日联军雕塑

敬赠马占山主席

陶行知

神武将军天上来，
浩然正气系兴衰。
手抛日球归常轨，
十二金牌召不回！

【阅读链接】 陶行知（1891～1946），安徽歙县人，教育家、民主革命家，中国民主同盟的主要创始人，以创办晓庄学校、社会大学等闻名于世。此诗写于1931年12月7日，选自《陶行知全集》第2卷，第169页，四川教育出版社1991年版。

马占山骑马行军的雄姿

【作品简析】 1931年11月4日，日军向黑龙江省泰来县江桥镇的嫩江铁桥发起进攻，省主席兼军事总指挥马占山率部打败日军的两次进攻，使日军受到入侵东北以来的最大损失。江桥保卫战虽以失败告终，但它是中国军队在东北首次大规模抵抗日本侵略者的战役，有“世界反法西斯战争第一枪”之誉，马占山被誉为“抗日英雄”。作者在此把马占山比作岳飞，希望马将军有“十二金牌召不回”的精神，以拯救东三省和中国，表达了作者对抗日英雄的崇敬和爱慕。

咏“一二·九”

杨　述

义旗高举在今朝，
烈焰冲天万丈高。
甘冒风霜为抗日，
宁遭斧钺不降曹。
权奸卖国真无耻，
学子争存恨未消。
他日偿还流血债，
工农蜂起似钱潮。

【阅读链接】　杨述（1913～1980），江苏淮安人。1934 年考进清华大学，翌年参加一二·九运动。1939 年到四川做地下工作，旋赴延安。中华人民共和国成立后历任团中央宣传部长、中共北京市委宣传部长、中国科学院哲学社会科学部副主任兼政治部主任等职。此诗写于 1935 年 12 月，选自《沧桑集·杨述诗选》第 1 页，四川人民出版社 1982 年版。

【作品简析】　杨述于 1934 年考入清华大学，次年适逢轰轰烈烈的一二·九学生爱国运动爆发，作为一二·九运动的参与者，杨述赋诗言志，以饱满的热情歌颂爱国学生为了抗击日本侵略者而不畏生死的献身精神，痛斥反动势力拱手出让大好河山的卖国行径和对学生的血腥镇压，预言学生运动将带动广大工农群众蜂拥而起，有如掀起汹涌澎湃的钱塘江怒潮，荡涤污泥浊水，迎来崭新世界。全诗一气而下，酣畅淋漓，雄豪奔放，字里行间流露出作者慷慨激昂的浩然正气。

塞　北

冯玉祥

塞北正喋血，民族大抗战；
雪地与冰天，男儿冒苦寒。
傅说果有后，不愧对祖先；
为国拼性命，英雄早着鞭。

【阅读链接】　冯玉祥（1882～1948），原籍安徽省巢县（今安徽合肥市巢湖市）。西北军首领、爱国民主人士。九一八事变后反对蒋介石的不抵抗政策和独裁统治，1933 年与共产党合作，组织察哈尔民众抗日同盟军。抗战期间曾任第三、第六战区司令长官。此诗写于 1937 年 1 月 27 日，选自冯玉祥《诗歌近作集》第 6 页，汉口三户图书社 1938 年版。

冯玉祥像

【作品简析】　1936 年 4 月，日军入侵绥远省（今内蒙古自治区南部），威逼引诱省主席傅作义成立华北亲日政权，遭到严正拒绝。11 月，日本关东军以商都和百灵庙为据点，包围绥远，迫使傅作义退往山西。傅作义挥军迎敌，肃清了绥远境内的日伪军，极大地鼓舞了全国人民的爱国抗战热情。此诗以殷商著名贤臣傅说借指傅作义将军，高度赞扬了傅作义摆开战场于塞外，在冰天雪地中痛歼敌寇的英雄壮举。一寸山河一寸金，一粒尘沙一滴血，傅作义的深明大义令人起敬。

中国空军飞渡三岛

姚伯麟

我机黑夜渡扶桑，
不炸都城学宋襄。
赫赫空中八勇士，
岛夷畏说破天荒。

【阅读链接】 姚伯麟（1877～1953），陕西三原人，毕业于东京帝国大学医科，获医学博士学位。回国后曾在上海红十字会医院工作，创办《改造与医学》杂志社并任社长。抗战期间，他按时间顺序，以不同体裁的诗歌叙述当时发生的战事，形成数千首的《抗战诗史》，被誉为“民族诗人”。此诗写于1938年5月20日，选自姚伯麟《九一八、一·二八、七七、八一三、太平洋抗战诗史》第28页，改造与医学社1948年版。

【作品简析】 1938年5月19日夜，徐焕升上尉等8位飞行员驾驶两架轰炸机，从宁波栎社机场飞往日本，次日凌晨分三次向长崎、福冈、九州等城市撒下100多万份传单，并投下了照明弹，以警告日本侵华将不会有好下场。这次飞行史无前例，日本朝野恐慌，各国反响强烈。英雄驾机凯旋后，国民党军政要人到机场迎接凯旋的英雄，周恩来等代表中共中央前往慰问。诗中“扶桑”指日本，“岛夷”指日本侵略者。作者将这次破天荒的人道主义空袭比作不擒二毛（头发斑白的老人）的宋襄公，与狂轰滥炸中国的日寇形成鲜明的对比。全诗朴实而不失文采，可读性强。

第三辑　铿锵豪言响云霄

统一战线吹响了停止内战、联合抗日的号角，1937 年 7 月 7 日这 3 个“7”字并列的屈辱日子，被赋予了全新的音符。宛平城的枪声、卢沟桥的怒吼、战士“划破手指写血书”的壮举，将全面抗战曳入第一秋。

在全面抗战的日子里，巾帼文人关露写出了“快用我们的血，洗尽民族的羞”的激昂诗句，华侨吴宗海表达了“倭寇未除，决不后退”的坚定信心，八路军将领叶剑英抒发了“誓荡扶桑儿”的豪言壮语，读之热血沸腾，诵之感慨良多。

豪言壮语激动人心，豪言壮语鼓舞士气，卫国岂畏流血？救亡何惧献身？冯玉祥将军以古代赴汤蹈火、不怕牺牲的英雄人物诫勉将士，谢晋元团长率孤军撤进租界后写下掷地有声的“谁怜爱国千行泪”，第二战区副司令长官朱德“驱逐倭儿共一樽”的钢铁般誓言，戴安澜师长赴缅甸远征时“澄清宇宙安黎庶”的雄伟气魄……其豪迈，其旷达，其振聋发聩，其气壮山河，谁能不为之折服？

豪言并非军人的专利，大文豪郭沫若沉潜刚克，那句“要以肉弹来把敌人摧毁”的心音，同样气冲霄汉，用比拟手法彰显鲜明的个性；秀才出身的程潜则文武兼备，那句“愿为干城战必捷”的抱负，依然气贯长虹，儒雅之中透出非凡的特质；秀才法学家李木庵送子从军，那句“不

杀倭奴势不已”的嘱咐，一样气克斗牛，情感高亢而惊天动地。抗战乃全民大事，老幼妇孺，无不参与，文人的笔，自然成为投向敌人心脏的匕首。

要问这些豪情满怀、铿锵有力的诗句来自何方，山河破碎的残酷现实是诗人创作的源泉，百折不挠的历史根基是诗人吟诵的底蕴。不是吗？五千载薪火传承，铸就了不屈的民族之魂；八千里锦绣河山，养育了勇猛的刚强战士。生命诚可贵，然较之于至高无上的国家利益，抛头颅、洒热血又算得上什么？中华民族的英雄本色，东方巨龙的精神风貌，在这里表露无遗。

怒吼吧，卢沟桥

流　火

怒吼吧，卢沟桥！
我们抗日的日子已经来到。

忍辱负重已非一日，
祈望和平亦非一朝，
可是我们得到的是，
卢沟桥头的无理取闹。

如今已有 29 军的崛起，
用铁血回答着敌人的横暴！
呀呀，杀敌的喊声起了，
健儿们的鲜血已洒在北国的荒郊！
不要迟疑，不要退，
让我们大家持着枪和刀，
前进吧，热血的男儿啊！
把数十年来的仇恨一齐报。

卢沟桥，怒吼吧！
我们抗战的时刻已经来到。

【阅读链接】　流火，生平不详。该诗引自熊先煜主编《卢沟桥抗战诗词选》第 6～7 页，北京燕山出版社 2007 年版。

【作品简析】　1937 年 7 月 7 日夜，日军在北平西南（今北京市丰台区）卢沟桥附近演习时，借口一名士兵“失踪”，欲进宛平县城搜查，遭到中国守军第29军拒绝。日军遂开枪射击中国守军，并炮轰宛平城，中国守军奋起抗战，是为震惊中外的卢沟桥事变，全面抗战的烽火由此点燃。作者用钢铁般语言，向全国人民大声疾呼，号召热血男儿以29军官兵为榜样，迅速行动起来，拿起刀枪，奋勇抗战，同仇敌忾，用铁血迎击侵略者。全诗气势恢宏，铿锵有力，是动员民众投身反侵略战争的号角。

守御卢沟桥的29军官兵

七七事变

欧阳文

七七炮声响连天，卢沟桥头起狼烟。
日寇大举侵华夏，兽蹄纷至践幽燕。
消息传至军营里，全军愤慨怒冲天。
官兵关注天下事，壮士决心发誓言。
划破手指写血书，挥动毫笔把名签。
赤胆忠心英雄汉，誓雪国耻挽危艰。
请缨杀敌候令下，枕戈待旦上前线。

【阅读链接】 欧阳文（1912～2003），湖南平江人。1928年参加平江农民暴动，1930年参加中国工农红军，抗战时任八路军第115师政治部秘书长、胶东军区政治部副主任等职，中华人民共和国成立后历任《解放军报》社总编辑、第四机械工业部副部长等职。1955年被授予中将军衔。此诗写于1937年7月，选自《丰台风情咏》（现代卷）第237页，北京燕山出版社2008年版。

【作品简析】 卢沟桥事变爆发次日，中共中央向全国发出“平津危急！华北危急！中华民族危急！只有全民族实行抗战，才是我们的出路”的通电，继之在延安召开紧急会议，号召共产党员与抗日革命者做好随时奔赴抗战前线的准备。红军官兵随即举行誓师大会，纷纷立下战斗誓言，递交请战血书，奔赴疆场，杀敌报国。此诗以记叙的风格，将这激动人心的一幕定格在历史的瞬间。读着它，昔日英雄好汉请缨杀敌的画面立现眼前，当年抗日壮士举手宣誓的宏声回荡耳边，有如龙吟虎啸，响遏行云，穿云裂石，振聋发聩，经久不息。

战斗妇女歌

关　露

起来，
快用我们的血，
洗尽民族的羞。
不让敌人的旗帜，
遮盖我们的头。
妇女们，
为着自由不怕生死的决斗，
现在，正是生死存亡之秋，
敌人的强盗军，
逼我们把自由出售。

起来，
快把我们的血，
洗尽民族的羞。
不让敌人的旗帜，
遮盖我们的头。
妇女的解放和自由，
要在民族解放之后。

【阅读链接】　关露（1909～1982），女，河北延庆（今属北京）人。1932 年加入中国共产党，同年加入左翼作家联盟及妇女抗日反帝大同盟。1939 年后受党的派遣长期从事地下工作。此诗 1937 年 9 月写于上海，选自雍桂良主编《中国爱国诗词大词典》第 772～773 页，时代文艺出版社 1991 年版。

【作品简析】 日寇入侵，激起了中华民族的坚决抵抗。人无分男女老幼，地不论东西南北，到处可见抗日的人群，随地都有救亡的呼声。本诗抒发了广大妇女为争取解放而团结战斗的精神，道出了全体妇女为追求光明而不畏牺牲的心声，成为各界女性投身抗日洪流的号角。谁说姑娘就是柔弱的代名词？君不见，“快把我们的血，洗尽民族的羞。不让敌人的旗帜，遮盖我们的头”等诗句，掷地有声，何其雄壮，何等豪迈！

广大中国妇女投身抗日救亡运动

我们的血

吴宗海

我们的血，
我们的血，
为我国家流。
冲锋肉搏，
刀光剑影，
去砍敌人头。
热血沸腾，
拼着性命，
勇敢地战斗。
倭寇未除，
决不后退，
宁死不甘休。
为我们的家，
为我们的国，
牺牲保领土。
我们的血，
我们的血，
为我国家流。

【阅读链接】 吴宗海（1892～1965），福建安溪人。19岁即到缅甸、印尼谋生，早年在海外秘密组织同盟分会，积极支持辛亥革命，1937年后回国致力于侨务工作。此诗约写于1937年淞沪抗战时，选自陈汉平编注《抗战诗史》第148页，团结出版社1995年版。

【作品简析】　海外赤子虽洋装在身，然祖国在他们的心田是十分神圣的。当祖国惨遭蹂躏，他们便挺身而出，纷纷捐钱献物，回国参战。此诗抒发了海外侨胞誓死保卫祖国，不惜流血的赤胆忠心，感情真挚，令人动容。生命诚可贵，血尤浓于水，烙上长江、长城、黄山、黄河印记的游子，走遍天涯，望尽海角，热血沸腾，忠贞爱国，矢志不渝。读此诗，不由想起当年鲁迅“我以我血荐轩辕”的誓言，纯洁赤诚，鸿鹄大志，跳荡于字里行间。

抗战时期，旅居海外的大批华侨青年回国报考军校，毕业后奔赴前线杀敌报国。图为中央陆军军官学校旅泰侨生毕业留影

登祝融峰

叶剑英

四顾渺无际，
天风吹我衣。
听涛起雄心，
誓荡扶桑儿。

【阅读链接】 叶剑英（1897～1986），广东梅县人。早年参与筹建黄埔军校，1927 年加入中国共产党。抗日战争时期任八路军参谋长。中华人民共和国成立后历任全国政协副主席、全国人大常委会委员长、中央军事委员会副主席等职。1955 年被授予元帅军衔。此诗写于 1938 年，选自叶剑英著《远望集》第 4 页，人民文学出版社 1979 年版。

【作品简析】 全面抗战爆发后，国共两党实现了第二次合作，全民族抗战开始。1938 年底，国民党在湖南衡阳衡山举办游击干部训练班，叶剑英任副教育长。教学之余，他登上南岳衡山最高峰——祝融峰，俯瞰祖国大好河山，更加激发了他的爱国主义激情，诗兴大发，故赋本诗。该诗紧凑简练，言简意赅，表达了作者拯民于水火、救国于危难的感情及荡平日寇、收复河山的雄心壮志。

死

冯玉祥

明哲保身，古之明训。
自私哲学，贻笑世人！
关岳惨死，敬之如神。
文史之死，感古动今。
重如泰山，为国献身。
轻如鸿毛，死于家门。
民族受辱，苟活非人。
慷慨赴难，乃为忠魂！

【阅读链接】　此诗写于1937年7月，选自陈汉平编注《抗战诗史》第127页，团结出版社1995年版。

【作品简析】　人生自古谁无死？但对于死，人们取向有异。在中华民族神圣的抗日战争中，有人为民族生存而慷慨赴难，视死如归；有人则贪生怕死，只图自保。爱国将领冯玉祥以此诗阐述他对于死的看法。作者在诗中以勇而有义、雄烈过人的关羽，尽忠报国、勇冠三军的岳飞，宁正而毙、弗苟而全的文天祥，节秉清刚、正直不阿的史可法为榜样，严厉鞭挞与抨击利欲熏心、吝啬自私的人生哲学，高度褒扬和赞美慷慨赴难、气节可嘉的熊虎壮士，呼唤并树立为国献身、宁死不屈的军人意识。全诗字里行间贯注着作者献身民族解放事业的爱国精神，抒发了诗人不畏生死、抗日到底的决心。

七　绝

谢晋元

勇敢杀敌八百兵，
抗战豪情以诗鸣。
谁怜爱国千行泪，
说到倭奴气不平。

谢晋元团长骑马行军礼的威武形象

【阅读链接】　谢晋元（1905～1941），广东梅州人。1925年入黄埔军校，翌年参加北伐战争。淞沪会战中率“八百壮士”死守上海四行仓库，英勇顽强。1941年遭叛兵袭击，以身殉国。此诗写于1937年10月，选自杨子才编注《民国六百家诗钞（1911年—1949年）》第352页，长征出版社2009年版。

【作品简析】　1937年，日军侵占平津后，以驻日海军陆战队官兵两人驱车闯入虹桥机场武装挑衅被击毙为借口，于8月13日大举进攻上海，点燃了淞沪大战的烈火。10月底，因腹背受敌，中国军队被迫撤离。为掩护主力后撤，国民党军第88师524团团长谢晋元奉命率一营官兵坚守四行仓库，与日军血战四昼夜，消灭大量日军，完成任务后退入租界。此诗写于壮士退避租界成为孤军之后，以直白凝练的语言抒发官兵们憎恨日寇、热爱祖国的赤胆忠心，表达了壮士们虽身处孤岛却御敌不懈的抗战豪情。

行　军

戴安澜

一

万里旌旗耀眼开，王师出境岛夷摧。
扬鞭遥指花如许，诸葛前身今又来。

二

策马奔车走八荒，远征功业迈秦皇，
澄清宇宙安黎庶，先挽强弓射夕阳。

【阅读链接】　戴安澜（1904～1942），安徽无为人。1926 年毕业于黄埔军校三期。1939 年任国民党第 5 军第 200 师师长，授陆军少将衔。1942 年 3 月率部作为中国远征军先头部队赴缅甸对日作战，5 月牺牲。此诗写于 1942 年 3 月，选自《安澜遗集》编纂委员会编《安澜遗集》第 13 页，1943 年印。

戴安澜像

【作品简析】　1941 年 12 月 8 日，太平洋战争爆发。数月后日军相继入侵菲律宾、马来西亚、新加坡等国，并准备占领缅甸。为保卫国际交通线——滇缅公路的安全，中国政府组建远征军，入缅对日作战。远征途中，戴安澜豪情满怀，感奋不已，写下这两首七绝诗，以表达建功立业和视死如归的抗战决心。作者借古喻今，以当年缅甸人挽留诸葛亮的传说和秦始皇建立统一大业的史事，抒发远征必胜的大志。全诗清新自如，用典贴切，结合作者的英雄事迹来读，感人至深。

太行春感

朱　德

远望春光镇日阴，
太行高耸气森森。
忠肝不洒中原泪，
壮志坚持北伐心。
百战新师惊贼胆，
三年苦斗献吾身。
从来燕赵多豪杰，
驱逐倭儿共一樽。

【阅读链接】　朱德（1886～1976），四川仪陇人。早年入云南陆军讲武堂，加入同盟会，曾任讨袁护国军旅长。领导南昌起义，历任中国工农红军总司令、八路军总司令等职，在抗日战争中功勋卓著。中华人民共和国成立后历任中国人民解放军总司令、中央人民政府副主席、国家副主席等职，为中国十大元帅之一。此诗写于1939年春，选自中共中央文献研究室编《朱德诗词集》（新编本）第60页，中央文献出版社2007年版。

【作品简析】　全面抗战进入第3年后，中国共产党领导的抗日军队迅速发展到近50万人，收复县城近100座，形势喜人。身为第二战区副司令长官的朱德写下此诗，用雄浑苍劲、慷慨昂扬的语调讴歌八路军健儿在太行山区厮杀日寇的光辉战绩，表达矢志不渝驱逐倭寇和抗日必胜的坚定信念。通篇气魄宏伟，笔力千钧，气壮山河，充满豪情，诵而有回肠荡气之感。

抗 战 颂

郭沫若

听见上海空中的炮声，
我自己只有欢喜。
我觉得这是我们民族复兴的喜炮，
我们民族有了决心要抗敌到底。

我们的武器或许不如敌人，
但我们的民气和士气要超过敌人无数倍。
我们并不怕绿（氯）气，不怕细菌，
我们要以肉弹来把敌人摧毁，
同胞们，我们大家振作起来，
一点也不要失望，不要惊惶，
我们要抗战十年八年，
抗战到日本帝国主义的灭亡。

最后的胜利是属于我们的，
同胞们，我们放声高呼：
高呼我们中华民族的复兴，
高呼我们民族斗士的英武。

【阅读链接】 郭沫若（1892～1978），四川乐山人，中国现当代著名诗人、剧作家、历史学家和社会活动家。1914 年留学日本，五四运动爆发后，在日本发起组织救国团体夏社，投身于新文化运动。1930 年加入中国左翼作家联盟，1938 年任中华全国文艺界抗敌协会理事，积极从事抗日救亡运动。中华人民共和国成立后历任政务院副总理、中国科学院院长、全国文联主席、全国人民代表大会常务委员会副委员长等职。此诗写于1937年8月21日，选自《抗战三日刊》1937年第1期，第2页。

【作品简析】 卢沟桥事变发生后，侵华日军大举进攻华北，平津失陷。国民政府决定“以空间换时间”，以自东而西反击对付日军由北向南入侵。1937年8月13日，中国守军先发制人，在上海南火车站轰炸日军，揭开了淞沪会战的序幕，中国从局部抗战正式转向全面抗战。在日本流亡10年之久的郭沫若回国参加抗战救亡活动，即赋此诗。作者在诗中将中国军队抗击侵略者的炮声喻为“民族复兴的喜炮”，号召广大同胞坚定信心，用士气战胜敌人的先进武器，迎接中华民族的伟大复兴。全诗高亢激昂，直抒胸臆，表达了诗人对日寇的仇恨情绪和热爱祖国的赤子之心。

战　城　南

程　潜

战晋南，
争湘北，
尸模（横）旷野乌争食。
乌争食，
鹊争啼，
男儿当战死，
腐肉委地充汝饥！
车声辚辚，
马鸣萧萧。
将军号令肃，
士卒意气豪。
鼓鼙急，
生以出，
死以入。
出生入死国与立，
愿为干城战必捷。
嘉我干城，
干城诚可嘉。
东夷未平，
誓不还家。

【阅读链接】　程潜（1882～1968），湖南醴陵人。清末秀才，赴日就读陆军士官学校，加入同盟会，回国后参加武昌起义。抗战时期任第一战区司令长官等职。中华人民共和国成立后历任湖南省省长、全国人大常务委员会副委员长等职。此诗写于1939年冬，选自《程潜诗集》第156～157页，黑龙江人民出版社1984年版。

【作品简析】 抗战进入相持阶段后，中国出现了广泛的悲观倾向，时在西安任国民党军天水行营主任的程潜借古诗旧题抒怀，以示胜利信念之坚强。《战城南》为汉朝乐府诗，描述战事悲壮场景，讴歌视死如归风尚。程潜化用“战城南，死郭北，野死不葬乌可食”一句为“战晋南，争湘北，尸横旷野乌争食”，突出抗日战事的惨烈，继而改与乌鸦对话为自我独白，变凄凉哀怨为奋发向上，其“男儿当战死，腐肉委地充汝饥”的大无畏精神，其“东夷未平，誓不还家”的信心和决心，令人感佩。

南征曲·三五九旅南征

李木庵

志士南征胆气豪，
肩荷长枪腰佩刀。
四山日色辉旌旄，
风激长林马萧萧。
展图奋程八千里，
日指潇湘七泽水。
为复汉家旧江山，
不杀倭奴势不已。
男儿卫国显荣光，
旧战场与新战场。
我师一过倭儿降，
功成凯旋民主邦。

【阅读链接】 李木庵（1884～1959），湖南桂阳人。著名法学家、诗人、书法家。五四运动后加入中国共产党，西安事变前后在东北军和西北军中开展统一战线工作，全面抗战爆发后奉命回乡举办游击干部训练班。1940 年奔赴延安，任陕甘宁边区高等法院院长等职，与朱德等并称"延安十老"。中华人民共和国成立后历任司法部党组书记、湖南省政协副主席等职。著有《西北吟》等诗稿。此诗 1944 年 6 月写于延安，选自杨子才编注《民国六百家诗钞（1911 年—1949 年）》第 175～176 页，长征出版社 2009 年版。

【作品简析】 1944 年 4 月，日本发动了打通大陆交通线的豫湘桂战役。鉴于国民党在正面战场屡屡失利，中共中央决定从八路军和新四军中抽调部分主力到新的敌占区开展抗日游击战争。是年9月，八路军359旅一部奉命组成南下支队，从延安开赴粤北。作者为送子参加南下支队而作此诗，“男儿卫国显荣光”体现了一位老革命家舍弃小家为国家的高尚情操，“不杀倭奴势不已”是对儿子及八路军将士勇敢杀敌的谆谆嘱托，一腔爱国热情，一颗滚烫之心，跃然纸上。

抗战胜利后，359旅克服重重困难返回延安，受到热烈欢迎

第四辑 中华军威震天庭

和平，是千百年来中国人民孜孜以求的梦想。但当侵略者恣意践踏和平，把刀枪架到我们的脖子上时，我们只有扛起刀枪，以牙还牙，用战争去换取和平。而要获取真正的和平，赢得战争是必要的前提；展示军威，又是赢得战争的必要条件。

君不见，当日寇把战火烧到繁华的上海，蔡廷锴麾下的19路军顽强抵抗，以毙伤逾万敌人的战果向世人展示军威；君不见，当侵略者进犯古老庄严的长城，29军大刀队展开精彩的夜袭战，用大刀砍出了中国军队的凛凛威风；君不见，当盘踞中蒙边境的日伪军为非作歹，绥远省主席兼35军军长傅作义先发制人，创造了百灵庙大捷的辉煌战果。

军旗猎猎，军号嗒嗒，犯我疆土之敌，不歼更待何时？英勇的八路军，一改编就在山西旗开得胜。倒马关、平型关的捷报，使中学生戴危叨欢呼雀跃，赋诗志贺。震惊中外的台儿庄大捷，总指挥李宗仁让八桂儿女出尽了风头，演员王莹的诗作画龙点睛，使中华军威在那红艳艳的石榴花下更加光彩夺目。

战争是军事实力的角逐，军事实力却非由单纯的武器优劣所决定，小米加步枪是八路军、新四军、游击队和广大民众抗日的物质条件，能打败日本侵略者，就是很好的

说明。听，黄河的涛声，将梁山击败日军的喜讯传遍齐鲁大地；听，燕赵的秋风，携百团大战胜利的消息吹向大江南北；听，江南的喜鹊，把击退日伪“清乡”的战果告诸中外友人。这些战斗凯歌的演奏者，手中并无利器，却令日寇闻风丧胆，这就是奇迹，这就是军威！

令侵略者坐卧不安的是，中国的抗日战争已经汇入世界反法西斯战争的洪流，滇缅战场上频频传来的佳音，是埋葬跳梁小丑的哀乐。历史可以作证，正义战争威力无比；历史还将证明，反侵略战争的胜利是全世界爱好和平人们的共同财富。撼山易，毁我长城难，这是抗战历史得出公允的结论，这是抗战史诗传颂久远的因由。

咏十九路军

逸 韩

日寇侵占辽东三省，更举犯沪，我十九路军奋勇抵抗，连战皆捷，喜而赋此。

才惊辽澥失封疆，
更见江南虏焰张；
撼敌孤军原有志，
济时大府总无方。
岁阑转徙哀民命，
雪里凭临吊国殇，
长愿鲁阳心力在，
不教片甲返扶桑。

【阅读链接】 逸韩，生平未详。此诗写于 1932 年，选自《时事月报》1932 年第 6 期，第 30 页。

【作品简析】 日本占领东北后，又把侵略的矛头指向上海。1932 年 1 月 28 日，日军由租界向闸北、吴淞一带发起攻击，驻守上海的国民党第 19 路军，在军长蔡廷锴、总指挥蒋光鼐率领下，奋起抵抗，屡挫敌锋。后与来援的第 5 军联手，创造了庙行大捷等战绩，使日军遭到甲午战争以来的首次惨败，体现了中华民族不畏强暴、敢于斗争的英勇精神。蒋介石无抗战到底的决心，坐失良机，与日本签订了屈辱的《淞沪停战协定》。作者在诗中对日寇的嚣张气焰极为愤怒，对国民党的不积极抵抗感到失望，希望抗敌将士像春秋时的鲁阳公那样挥戈止日，力挽狂澜，把敌寇打得片甲不留。

颂五百大刀队

何香凝

健儿岂枉生尘寰，
决意杀敌收江山。
飞机坦克尔何物，
钢筋铁骨壮士颜。
坚甲利兵究何用？
万夫莫开此雄关。
田横五百共生死，
赤血洒在疆场间。
杀贼何须更渡海，
数万倭奴引颈待。
铁甲夜眼老龙刀，
捷音传来齐喝采。
二十九军民族光，
挞汝倭国军阀狂。
国仇重重何日忘，
誓到东京饮琼浆。

【阅读链接】 此诗引自熊先煜主编《卢沟桥抗战诗词选》第15页，北京燕山出版社2007年版。

【作品简析】 长城抗战（又称热河抗战）时，国民党第29军把守长城各口中路的喜峰口（位于河北省迁西、宽城两县接壤处）。1933年3月9日，日本关东军两个旅团联合先遣队进犯喜峰口，29军增援部队挑出500名擅长刀术和近身肉搏的士兵组成大刀队，队员身带大刀和手榴弹，夜袭睡梦中的日军，打得日军晕头转向，脑瓜落地。整个喜峰口之战，歼灭日军4000余人，成为九一八以来中国军队的第一次胜利，使日军被迫放弃占领喜峰口的企图。大刀队砍出了中国军队的威风，砍出了中华民族的骨气，全国振奋，日本震惊。何香凝闻知这一喜讯，欣然写下此诗，讴歌大刀队官兵大智大勇，用普通的大刀厮杀拥有飞机、坦克的侵略者，坚守雄关的光辉业绩。后来作曲家麦新据此写出不朽战歌《大刀进行曲——献给二十九军大刀队》，传唱长城内外，风靡大江南北，极大地鼓舞了全国军民的抗日斗志。

正在训练的29军大刀队

闻克百灵庙刘团先入城

沈钧儒

战报入眼起惊呼，
我军昨复百灵庙。
反攻杀敌数载无，
人人振奋称神妙。
从此闻鼙识猛士，
应知传檄定边徼。
引领绥东连察北，
凭轩聊欲发长啸！

【阅读链接】 沈钧儒（1875～1963），浙江嘉兴人。早年参加辛亥革命、五四运动。抗战时期积极从事救亡活动，多次到前线劳军。中华人民共和国成立后历任全国政协副主席、全国人大常委会副委员长等职。此诗写于1936年11月25日，选自沈钧儒著《寥寥集》第1页，艺术书店1946年版。原标题为《二十五年十一月二十五日在上海市公安局读报闻克百灵庙刘团先入城》，此系编者删改。

【作品简析】 1936年11月24日，傅作义率35军收复被日伪军盘踞的绥远百灵庙。捷报传来，举国上下欢欣鼓舞，人心振奋。此时，著名爱国人士“七君子”已被国民党政府逮捕，沈钧儒被囚于上海市公安局，虽身陷囹圄，却心系前线，欣然命笔，赋诗祝贺这一战绩。诗中以“战报入眼起惊呼”起句，直奔主题，高歌抗日将士惊天动地的战绩；以“凭轩聊欲发长啸”收尾，给人无限遐想的空间；从“传檄定边徼”到夺取全国的胜利，体现出狱中君子不屈不挠的斗争精神。

闻八路军大捷

陈　毅

抗日旌旗战局开，
大军东出薄燕台。
南方豪杰风雷动，
团结救亡下山来。

【阅读链接】 陈毅（1901～1972），四川乐至人。1919年赴法国勤工俭学，1923年加入中国共产党。1928年参与领导湘南起义，与朱德率部到井冈山会师，组成中国工农红军第四军。抗日战争时期任新四军代军长。中华人民共和国成立后任国务院副总理兼外交部部长。1955年被授予元帅军衔。此诗写于1937年9月，选自《陈毅诗词选集》第28页，人民文学出版社1977年版。

【作品简析】 1937年9月，日本侵略军长驱直入华北，国民党军队则节节败退。刚由中国工农红军主力部队改编而成的八路军开赴前线，以山西为中心进行抗战，取得一系列的初战成果。同年10月，留在南方8省的红军游击队改编为国民革命军新编第四军，下山整编后开赴华中前线对日作战。这首七言绝句抒发了诗人得知八路军初战告捷的喜悦心情，描绘出新四军将士摩拳擦掌、跃跃欲试的雄心壮志。男儿无壮志，何以佐乾坤？八路军和新四军撑起抗战一片天，给中国人民的解放事业平添了巨大的希望。

夺取倒马关

李钟奇

卢沟烽火连中原，
抗日首战平型关。
自古兵家争要地，
铁骑飞驰倒马关。
孤军浴血战犹酣，
六郎碑前敌胆寒。
莫道我比先贤勇，
长城头上鼓角欢。

【阅读链接】 李钟奇（1913～2003），辽宁建平人。1936年参加红军，同年加入中国共产党。抗日战争时期，历任八路军115师骑兵营副营长、第4纵队参谋长等职。中华人民共和国成立后，历任中国人民解放军参谋长、北京卫戍区副司令员等职。1955年被授予少将军衔。此诗写于1937年9月，选自阮章竞主编《中国解放区文学书系·诗歌编》第1655页，重庆出版社1992年版。

【作品简析】 1937年7月28日，在陕北的红军改编为八路军，红一军团改为115师，原骑兵团改为骑兵营，9月中旬参加了著名的平型关战役。在该战役中，李钟奇率全营官兵经16小时昼夜急速行军，走完120华里崎岖山路，抢在9月24日8时前占领平型关东侧的倒马关，确保主力部队夺取平型关战斗的胜利。明朝人立碑歌颂宋代杨六郎（杨延昭）戍守边关，李钟奇在碑前威镇敌胆，作诗志喜，高度赞誉铁骑官兵斗志昂扬、誓报国仇的军威，极端蔑视侵略者恃强凌弱、惨遭失败的下场。

平型关战斗颂

张平凯

雷震平型关，
日军哭坂垣。
八路老红军，
威名天下传。
太阳旗落地，
武士道升天。
抗战第一仗，
信心从此坚。

【阅读链接】 张平凯（1910～1990），湖南平江人。1927 年加入中国共产党，翌年参加红军。抗战时期在敌后从事部队教育与生产运动，历任中国人民抗日军政大学第七大队政治处主任、晋察冀军区民运部部长等职。中华人民共和国成立后曾任东北军区后勤部政治部主任、山西省军区副政委等职。1955 年被授予少将军衔。此诗写于 1937 年 10 月，选自阮章竞主编《中国解放区文学书系·诗歌编》第 1676 页，重庆出版社 1992 年版。

【作品简析】 1937 年 9 月，侵华日军从山西大同分兵两路进攻雁门关、平型关，进逼太原。为配合第二战区国民党部队作战，八路军第 115 师奉命进至平型关附近集结设伏。9 月 25 日晨，日军第 5 师团第 21 旅团和大批辎重车辆进入设伏圈，115 师发起攻击。经过大半天激战，歼敌 1000 余人，缴获大批武器弹药和军用物资，取得了抗战以来的第一次大捷。张平凯在敌后闻知，欣喜万分，赋诗赞颂。全诗笔调豪放，活泼明快，歌颂了八路军将士用简陋的武器装备迎战有“钢军”之称的板垣师团并首战获胜的战斗实力。白色打底的日本国旗、绝对忠君的武士道精神倒下了，所谓“皇军不可战胜”的神话被打破了，国共联合战斗抗日的大门开启了，八路军英勇善战的声威彰显了，抗战必胜信心增强了。

八路军 115 师官兵在平型关伏击日军

抗战军兴闻捷喜赋

戴危叨

七七烽烟举世惊，
中华儿女意难平。
铁蹄遍踏河山碎，
仇恨翻腾血海盈。
南国大军传屡捷，
北方游击出奇兵。
会当痛饮黄龙酒，
一扫胡尘复旧京！

【阅读链接】　戴危叨（1917～2004），四川綦江县（今重庆市綦江区）人，早年就读于北京师范大学，毕业于浙江大学。长于作诗与书法，抗战胜利后在重庆南开中学执教，直至退休。此诗写于1938年，选自熊先煜主编《卢沟桥抗战诗词选》第22页，北京燕山出版社2007年版。

【作品简析】　1935年夏，戴危叨初中毕业后考入重庆联合中学，全面抗战爆发后多次参加救亡宣传。此诗热情歌颂中国共产党领导的新四军在南方抗击日寇捷报频传，八路军在北方打游击战屡次获胜，表达了一位进步青年学生对日寇侵略中国的愤恨。作者用岳飞“痛饮黄龙”的典故，抒发了希望早日把日本帝国主义侵略者赶出中国的强烈愿望。

台儿庄大胜

李宗仁

戍楼拂晓角声悲，
誓杀倭奴去不回；
刀砍寇头十万颗，
台儿庄上祭军旗。

【阅读链接】 李宗仁（1891～1969），广西临桂县（今桂林市临桂区）人，新桂系首领，1948 年 4 月任“副总统”，1949 年 1 月任代“总统”。抗战期间指挥中国军队取得了台儿庄大捷，是国民党军队在正面战场取得的最重大胜利。此诗写于 1938 年 4 月台儿庄战役后，选自广西文史研究馆编《桂海遗珠》第 51 页，上海书店出版社 1994 年版。

【作品简析】 1937 年末，日军相继占领江苏南京、山东济南后，企图夹击徐州，连贯南北战场。地处苏鲁交界的山东省枣庄市台儿庄，为徐州的屏障。1938 年 3 月 20 日，日军矶谷师团乘攻占山东滕县之余威，在飞机的掩护下，集中 4 万人向台儿庄发动猛烈进攻。第五战区司令长官李宗仁等调动约 29 万人张网以待，诱敌深入，击溃日军两个精锐师团的主力，伤毙日寇万余人，缴获大批武器弹药，取得了举世瞩目的台儿庄大捷，增强了中华民族抗战必胜的信心，改变了国际社会对中国的悲观看法。作为是役的最高指挥官，李宗仁撰写此诗，表达自己对胜利的喜悦及“誓杀倭奴”的决心。

石榴花开红艳艳

王　莹

台儿庄的炮火震天撼地，
青翠的运河两边，
石榴花开红艳艳。
啊，
我自幼爱它如梅似莲。

空中敌机狂轰滥炸，
地上大炮引起处处火烟。
杀声，
炮声震耳欲聋——
从街巷里到田野间。

我凝望着石榴花开一片片，
它象征烈士们把血肉奉献，
它象征了军民英勇的精神——
赴汤蹈火，
恐后争先！

石榴花开红艳艳，
它照亮了可爱的锦绣河山，
它鼓舞了军民抗敌愈战愈强。
啊！
祖国最后胜利终会换来新天。

1938 年 5 月大别山

【阅读链接】 王莹（1913～1974），女，安徽芜湖人，17岁加入中国共产党，在上海演话剧、拍电影。1938年在洪琛领导下赴台儿庄等地巡回演出，并创作话剧《台儿庄之战》。此诗选自山东省枣庄市政协文史资料委员会编《台儿庄大战诗词选》第78～79页，中国文史出版社1995年版。

【作品简析】 此诗以石榴花作引子，先用白描的手法写在石榴花开的同时日军对台儿庄进行狂轰滥炸，揭露侵略者的滔天罪行。接着笔锋一转，将石榴花喻为烈士的鲜血，并展开想象的翅膀，写出石榴花对祖国锦绣河山的映照、对军民抗战的鼓舞，由此坚定抗战必胜的信念。全诗不事雕琢，清新自然，结构严谨，直抒胸臆，情感迸发，揭示抗战救亡的前途，启人奋发向上。

梁山战斗

肖 华

黄河滚怒涛，
梁山烈火高。
青纱好设伏，
夜战逞英豪。
全歼来犯敌，
夺获数门炮。
军威震齐鲁，
壶浆道酬劳。

【阅读链接】 肖华（1916～1985），江西兴国人。1930 年参加中国工农红军，抗日战争时期历任八路军 115 师政治部副主任、八路军东进抗日挺进纵队司令员兼政委等职。中华人民共和国成立后历任空军政治委员、总政治部主任等职。1955 年被授予上将军衔。该诗引自肖华著《万水千山只等闲》第 56 页，甘肃人民出版社 1979 年版。

【作品简析】 1939 年 3 月，八路军 115 师横渡黄河，前去开辟鲁西抗日根据地。8 月 1 日，该部和驻地群众在梁山南坡的孟家林里举行军民联欢，庆祝建军 12 周年。驻鲁日军第 32 师团一个步兵大队 300 多人（含伪军和苦力）从汶上县城进犯梁山地区，代师长陈光等利用青纱帐作掩护，率部夜击，毙敌 300 余人，俘获 24 人，仅有 24 人逃回汶上，日军大队长长田敏江少佐剖腹自尽，缴获大炮 3 门、轻重机枪 15 挺、步枪 150 余支、战马 50 余匹。肖华赋诗抒怀，讴歌八路军继平型关大捷后再次战胜骄狂不可一世的日本侵略者，感谢人民群众箪食壶浆慰问子弟兵。

百团大战

刘光裕

日寇占城向外伸，
狂修据点控乡村。
细碎分割路织网，
星罗棋布碉成林。
八路雄师攻势猛，
百团大战震乾坤。
兄弟分区并肩战，
拔点歼敌快人心。

【阅读链接】 刘光裕（1916～2003），河北安新人。1937 年加入中国共产党，同年奉命赴白洋淀以西地区组织抗日游击队，任安新地区抗日游击队第一大队政治指导员等职，参加了百团大战和冀中区反“扫荡”作战。中华人民共和国成立后历任中国人民志愿军师长、北京军区空军副司令员等职。1964 年晋升为少将军衔。此诗写于 1940 年 9 月，选自熊先煜主编《卢沟桥抗战诗词选》第 6～7 页，北京燕山出版社 2007 年版。

【作品简析】 1940 年 10 月 1 日至 20 日，冀中军区八、九两分区根据晋察冀军区指示，在任丘、河间、肃宁、大城地区向敌发起进攻，战斗历时 20 多天，毙伤俘日伪军千余名，缴获大批武器弹药和军用物资，攻克和迫退敌据点 20 多个，打击了日本侵略者的嚣张气焰，有力地配合了华北战场的百团大战，鼓舞了中国人民的抗战斗志和必胜信念。作者作为战役的指挥者，目睹了中国军民的英勇抗战事迹，遂赋此诗。

老虎团苏中反“清乡”

张云龙

莽莽青纱帐，
彻夜行军忙。
日寇蚕食我村庄，
奉命反“清乡”。
首战车桥镇，
再打黄土岗。
苏中遭遇歼敌伪，
捷报传四方。

【阅读链接】　张云龙（1911～2006），福建永定人。1929年参加红军，1931年加入中国共产党。抗日战争时期历任新四军军部侦察参谋、新四军第1师第3旅第7团副团长。新中国成立后任北京军区副司令员等职。1955年被授予少将军衔。此诗写于1944年6月，选自《铁军诗韵——新四军将士诗词选》第178页，中共党史出版社2009年版。

【作品简析】　抗战后期，日伪军在苏中地区进行“清乡”。因淮安县车桥地区是联系苏中与苏北的枢纽，驻守日伪军较多，新四军第1师决定夺取车桥，以巩固和扩大抗日根据地。战斗于1944年3月5日打响，由该师第3旅第7团担任主攻，到次日早上攻下敌方全部碉堡。6月23日，该团抵达如皋县时与日伪军相遇，在其他部队的配合下，全歼日伪军500多人，有效地粉碎了日伪军的“清乡”。因该团作战英勇，被苏中人民称为“老虎团”。身为该团指挥员的作者写下此诗，记录了日伪军在新四军健儿的打击下灰飞烟灭的场景，褒扬人民军队建立的功勋。

滇缅战场纪事·孟关之捷

李根源

几度冲将入孟关，
兵威震撼野人山。
蒙光在望麾前进，
不使虾夷片甲还。

【阅读链接】 李根源（1879～1965），云南腾越（今腾冲）人。抗战期间，任国民党军事委员会参议员等职。中华人民共和国成立后，任西南军政委员会委员。此诗写于1944年3月5日，选自陈汉平编注《抗战诗史》第549页，团结出版社1995年版。

【作品简析】 1941年中英签署《中英共同防御滇缅路协定》，次年2月，为支援英军在滇缅抗击日军和保卫中国西南大后方，中国政府以3个军共10万余人，组成远征军入缅甸作战。后因缅甸战局恶化，远征军一部撤回国内，一部撤至印度，改称中国驻印军。1944年元旦，中国驻印军新22、新38两师自印度向缅甸胡康地区发动攻势。3月5日，新22师占领日军第18师团部所在地孟关。作者听到中国军队大捷的消息后，心情振奋，作此诗表达了其对抗战必胜的坚定信心和对日寇的极端蔑视。

中国远征军在缅甸同日军作战

第五辑　众志成城敌胆寒

赶走入室豺狼，还我壮丽河山，是抗战兴起后全中国人民和海外华人华侨的共同愿望，也是凝成击敌合力的重要基础。有道是一根丝线容易断，千丝万线能拉船，所谓众煦漂山，众擎易举，唯有拧成一股绳，抱成一个团，才能把凶恶的敌人打出国门。认清此理，时人呼唤农工商学兵团结奋战，用侵略者的“头颅填满世界的不平”；遵循此理，东北各地游击队迅速集结，在共产党领导下改编成为东北抗日联军；发挥此理，华北的穷苦猎户与渔民毫不含糊，聚集爱国力量创建白洋淀雁翎队。抗日游击战从南到北，遍地开花，有力地支持了正面战场的军事行动。

民族团结，万众一心，构筑了坚强的铜墙铁壁。四万万同胞齐上阵，誓将涓涓细流汇成淹没侵略者的汪洋大海，要把黄沙泥土垒成埋葬侵略者的座座坟冢。看，那是八路军上前线时“老少立道旁，箪壶相送别”的生动场景，多么动人；看，那是诗人愿意化身为子弹、水和军毯陪伴前方将士的灼热信函，何等感人；看，那是文艺工作者为抗日奔走呼号、在广西桂林展演戏剧的实景，何其壮观！

构筑铜墙铁壁，需要每个人的参与。在天才诗人臧克家笔下，哥哥借着灯光左看右瞧即将参加游击队的弟弟，依依惜别时有多少兄弟情谊和嘱托话语？在壮乡小伙袁义

的信中，为参加淞沪抗战离别父母的歉疚充斥字里行间，忠孝之间悟出几许家与国关系的道理？在史轮那轻快的儿歌里，爸妈要买比哥哥更好的刀枪所蕴含的思维空间，又有多少战争年代的特殊童真与印记？

是呀，在日本的郭沫若告别妻儿回国，参加救亡；在爪哇的陈嘉庚避难不忘国难，慷慨捐资；在后方的姐妹们加紧缝制寒衣，送往前方；在前线的李珉随新四军往苏北，舍身疆场……“战争的伟力之最深厚的根源，存在于民众之中。”“军民团结如一人，试看天下谁能敌？”抗战对巨人名言的诠释，翔实全面，颠扑不破。全民参与战斗，敌寇能不心惊胆战吗？

从 军 歌

钟虞人

进进进，前进前进更前进！
农工商学兵，同胞四万万人；
捐躯奋身，冲锋陷阵！
杀尽那日本帝国主义的兽兵；
夺回我们的吉林黑龙江和辽宁！
热血浸灭三岛的野心；
头颅填满世界的不平！
进进进，前进前进更前进！
农工商学兵，同胞四万万人；
捐躯奋身，冲锋陷阵！
发扬我中华民族的精神；
维持世界永久的和平。

杭州浙大文理学院

【阅读链接】 钟虞人，生平不详。此诗作于九一八事变后，选自《时事月报》1932 年第 6 期，第 36 页。

【作品简析】 日本侵占东北后，中国人民愤慨无比，纷纷要求以武力对抗日本的侵略。作者在诗中号召全国各阶层群众积极行动起来，冲锋陷阵，不怕牺牲，打击日本侵略者，收复国土，维护和平。本诗气势凌云，读来畅快淋漓，激励着无数青年带着保家卫国的豪情参加伟大的抗日战争。

歌抗联战士

陈　雷

北国关山举义兵，
松江原野战旗红。
不教夷寇完尸去，
犹有联军轻死生。
策马挥刀千战勇，
降龙伏虎万年功。
救亡杀敌流鲜血，
铁骨忠魂遍域中。

【阅读链接】　陈雷（1917～2006），黑龙江省佳木斯市人，1936 年加入中国共产党，曾任佳木斯中共地下市委书记，北满抗日联军总司令部宣传科长、游击队长等职。中华人民共和国成立后，曾任中共黑龙江省省委书记处书记、黑龙江省省长等职。该诗引自红叶诗社编《抗日烽火诗词选萃》第 170 页，解放军文艺出版社 2007 年版。

【作品简析】　九一八事变后，东北三省沦陷，中国共产党号召全国人民迅速武装起来，反抗日本帝国主义，拯救民族危亡。1934 年，东北各地抗日游击队改编为东北抗日联军，与侵略者开展艰苦卓绝、不屈不挠的斗争，歼灭和牵制了大量敌人，为东北和全国抗日战争的胜利做出了巨大的贡献。此诗描述了抗联战士为保家卫国树起义旗，在白山黑水之间英勇杀敌的光辉事迹，赞颂了抗联战士可歌可泣、英勇无畏的牺牲精神，展现了中华民族争取独立、宁死不屈的高尚情操。

咏白洋淀雁翎队

刘光裕

游击战略教尔曹，
湖泽为依预见高。
洋淀无山居民广，
绿岛有苇越桅梢。
健儿组成雁翎队，
勇士出没鱼舟槽。
日寇猖狂入罗网，
全部被歼非一遭。

【阅读链接】　此诗写于1943年3月，选自野草诗社编《野草诗词选》第3集，第214页，长征出版社1998年版。

【作品简析】　白洋淀位于河北省中部，主要水域在安新县境内，由143个大小不等的淀泊组成，总面积366平方千米，是中国海河平原上最大的淡水湖。淀内沟渠纵横，绿洲星罗棋布。1939年，中国共产党组织当地穷苦猎户、渔民，团结其他抗日爱国力量，在白洋淀建立了著名的水上抗日游击武装——雁翎队。雁翎队以雁翎为标志，队员神出鬼没，来无影，去无踪，用落后的武器打击敌人，创造了许许多多可歌可泣的战绩。此诗描写雁翎队以“湖泽为依”，采用灵活机动的游击战术，在芦苇丛中驾驶小舟痛歼日寇的生动场景，读之脍炙人口，回味无穷。

八路军上前线

萧　克

日寇犯中华，燕晋风雷亟。
平绥弃战炮，雁北又告急。
我来古长安，周彭传羽檄。
同车到太原，敬聆驱虏策。
八路争出师，举国皆手额。
三军渡黄河，将士同出楫。
老少立道旁，箪壶相送别。
万众同一心，试看谁能敌。

【阅读链接】　萧克（1907～2008），湖南嘉禾人。参加北伐战争、南昌起义、井冈山斗争和长征。抗战时期历任八路军120师副师长、冀热察挺进军司令、晋察冀军区副司令。中华人民共和国成立后历任国防部副部长、军政大学校长等职，1955年被授予上将军衔。此诗1937年9月写于山西太原，选自萧克著《萧克诗稿》第20～21页，湖南文艺出版社1991年版。

【作品简析】　1937年卢沟桥事变后，中国工农红军立即请缨北上。8月，国共实现第二次合作，陕北红军改编为国民革命军第八路军。9月，八路军主力渡过黄河，进至山西前线。时国民党汤恩伯部正从平绥线溃逃，阎锡山部亦在雁北告急，八路军在山西抗战形势紧张的情况下挺进前线，得到群众的热烈欢迎，军民团结，士气高涨。此诗记述八路军从陕北进军山西的见闻，在车上聆听中央军委副主席周恩来、八路军副总指挥彭德怀关于驱逐日寇的教诲等情节，吟诵有亲临其境之感。老百姓箪食壶浆迎接子弟兵的热烈场面，更是感人至深。

从 军 乐

沈钧儒

我愿化身为子弹兮，
与君朝夕以相从，
抱君之腰而与君共命兮，
经君之手而贯入于敌人之胸；
又愿化身为瓶中之水兮，
劳解君之渴而倦润君之容；
终其化我身为军毯兮，
使君于朝营露宿之际，
得我之保卫而安眠兮，
益坚强其精力而无懈于冲锋。

【阅读链接】　此诗写于1939年7月24日，代书信寄慰前方抗日将士，选自沈钧儒著《寥寥集》第34～36页，艺术书店1946年版。

【作品简析】　1939年抗战进入胶着状态，战场上杀声震天，热血男儿不惜流血流汗、为国捐躯。目睹空前的劫难，年逾六旬的沈钧儒寝食难安，毅然命笔，写下此诗，作为信札，寄给抗战前线出生入死的勇士们，互励共勉。诗人决心把自己的一切投入到中华民族神圣的抗战救亡事业中去，愿化身为“子弹”，表现了对侵略者不共戴天的仇恨；愿化作“瓶中之水”和“军毯”，彰显了对抗日战士无以复加的挚爱。

西南剧展会歌

白　音

日寇逞猖狂，干戈动八方；
民族运命在顷刻，生死搏存亡。
我们——宣传奔走，呼号，演唱；
为被侵略者呐喊，为战士们颂扬。
忍着饥，耐着寒，倍历创伤；
流过汗，流过血，还有死亡！
为的是：团结！奋起！
为的是：自由！解放！
八年的时光！八年的时光！
是的，我们看见了胜利的光芒，
崭新的气象！
可是，我们没有忘记：
敌骑依然遍野，家国依旧沦丧！
我们还歇不得肩，换不得防。
今天——欢聚在一堂；
有旧友，也有新朋。
对着这——有限江山无限恨，
莫蹉跎——良辰美景好韶光！
面对着面，心印着心，
尽情地欢笑，倾诉短长。
团结终始，巩固心防，
整齐步伐，磨砺刀枪，
发扬伟大的民主力量，
把法西斯蒂埋葬！

【阅读链接】　白音（1910～1979），江苏嘉定（今属上海市）人。1932 年加入中国共产主义青年团及中国左翼戏剧家联盟，抗战时期任上海救亡演剧三队、四队负责人，新中国剧社理事长，参与组织西南第一届戏剧展览会。此诗选自《当代文艺》1944 年第 5、6 期合刊，第 4 页。

【作品简析】　“西南剧展”是“西南第一届戏剧展览会”的简称，是 1944 年 2 月 15 日至 5 月 19 日在广西桂林举行的中国西南各省戏剧团队的戏剧展览活动。剧展规模巨大，其间共演出了 60 多个宣传抗日的戏剧，对鼓舞全国人民的抗战信心起到了极大的推动作用。作为此次戏剧展览会的会歌，此诗热情洋溢，既点出了会展的主旨及戏剧工作者的心声；又道出了祖国还在沦丧之中的苦楚与抗战胜利在望的欢欣。全诗浑然流畅，朗朗上口，富有极强的感染力。

从　军　行

——送珙弟入游击队

臧克家

今夜，灯光格外亲人，
我们对着它说话，
对着它发呆，
它把我们的影子列成了一排。

为什么你低垂了头，
是在抽回忆的丝？
在咀嚼妈妈的话，
当离家的前夕？

忽然你眉头上叠起了皱纹，
一丝皱纹划一道长恨！
我知道，你在恨敌人的手
撕破了故乡田园的图画，
你在恨敌人的手
拆散了我们温暖的家。

大时代的弓弦
正等待年轻的臂力，
今夜，有灯光作证，
为祖国你许下了这条身子。

明天，灰色的戎装

会把你打扮得更英爽，
你的铁肩上
将压上一支钢枪。
今后，
不用愁用武无地，
敌人到处
便是你的战场。

【阅读链接】　臧克家（1905～2004），山东诸城人，现当代著名诗人。此诗写于1937年12月11日，选自《臧克家诗选》第106～107页，人民文学出版社1956年版。

【作品简析】　此诗是作者为亲人写的送别诗。卢沟桥事变爆发后，国共建立抗日民族统一战线，中华民族开始了神圣的抗日战争，全国民众纷纷入伍，为打败日本侵略者做出贡献。作者一位年仅十七八岁的亲人争先恐后，毅然参加抗日游击队。到西安送他上前线时，作者以此诗作为礼物相赠。作者在诗中用叙事与抒情相结合的手法，叙述战士上前线前与亲人灯下话别的情形，描述珙弟对母亲和家乡的留恋，抒发作者对日寇的憎恨和对祖国的热爱，赞美珙弟为国从军的壮举，勉励他到战场上英勇杀敌。诗中对具体人物、具体环境、具体心情描写得亲切、细致、真实，情景交融，紧密相连。“大时代的弓弦正等待年轻的臂力”一句，刚劲有力，意味无穷。

家书

袁义

爸妈啊！
抗日救国，男儿所当。
寄语双亲，勿为而怆。
忠孝难全，自古嚷嚷。
当务之急，首先救亡。
火烧淞沪，血染浦江。
日寇凶顽，日子不长。
它有大炮，我有刀枪。
四亿同胞，人多人强。
合力抵抗，定灭财狼。
皇天有眼，胜利还乡。
堂前婚礼，跪拜爹娘！

【阅读链接】 袁义，生卒年不详，广西百色仁寿街人。初中毕业后，他到对门李华菲（部队专业军医）开的诊所当学徒。淞沪战事爆发后，师徒俩双双报名参军，到上海医治抗日部队的伤员。此诗选自广西百色市史志办公室编《百色抗日烽火》第49页，1995年8月内部印刷。题目系编者所加。

【作品简析】 袁义抵沪后，忙于给官兵疗伤，一个多月后才给父母写信。信的开头有数句报平安之语，接着便是此诗。作者在诗中讲述了青年人理应奔赴前线抗日救国的道理，以及不能在身边孝敬父母的理由。信寄到家中时，袁义的父亲外出，母亲则不认字，经邻居展念，母亲为儿子报效祖国之举备感骄傲，激动得热泪盈眶。抗战救国，匹夫有责。透过此诗，壮族地区热血青年从军抗日的信心和决心，可见一斑。

儿　歌

史　轮

我拿不动大哥的枪，
妈妈叫我快快长。
妈妈说：
等我大了给我买杆枪
那红缨子
比大哥的还要长。

我不会耍二哥的刀，
爸爸叫我快长高。
爸爸说：
等我高了给我打把刀
那红绸子
比二哥的还要好。

【阅读链接】　史轮（1906～1940），河北威县人。1930 年加入中国共产党。1938 年在晋察冀边区参与创办《战地诗社》。1940 年秋，在雁北反“扫荡”战斗中被捕牺牲。此诗在抗战时期被编入小学教材，此选自《新中华报》1938 年 8 月 10 日第 4 版。

【作品简析】　儿歌面向儿童读者，与一般诗歌相比，儿歌简短押韵、浅显通俗、诙谐活泼，具有鲜明的简洁性、天真性、稚气性等特点，便于儿童传诵和理解。此诗作者用轻松的语调道出孩子希望快快长大、保家卫国的良好愿望，语言生动，洋溢着孩子们对日寇的愤恨和对祖国的热爱。全诗寓教于乐，情感纯真，形象生动，积极向上，具有很强的教育功能。

归国杂吟

郭沫若

又当投笔请缨时，
别妇抛雏断藕丝。
去国十年余泪血，
登舟三宿见旌旗。
欣将残骨埋诸夏，
哭吐精诚赋此诗。
四万万人齐蹈厉，
同心同德一戎衣。

【阅读链接】 此诗为郭沫若写于1937年7月，发表于当年8月3日上海《立报·言林》。此选自钟作英选编《郭沫若诗歌》第275页，内蒙古文化出版社2006年版。

【作品简析】 郭沫若曾参加南昌起义而遭到国民党通缉，于1927年逃往日本。卢沟桥事变爆发后，他毅然“别妇抛雏”，回国参加抗日工作。此诗用鲁迅《为了忘却的纪念》文中一首七律的原韵，抒发了作者对祖国的热爱和献身精神，表达了诗人坚决归国及呼吁国人共同抗日的爱国志愿。细读此诗，真挚而又深厚的爱国主义激情力透纸背，赤子拳拳报国之心跃然纸上。该诗在报纸上发表后，引起社会很大反响。

述 志 诗

陈嘉庚

领导南侨捐抗敌，会场鼓励必骂贼。
报章频传海内外，敌人恨我最努力。
和平傀儡甫萌芽，首予劝诫勿昧惑。
卖国求荣甘遗臭，电提参政攻叛逆。
强敌南侵星岛陷，一家四散畏虏逼。
爪哇避匿已两年，潜踪难保长秘密。
何时不幸被俘虏，抵死无颜谄事敌。
回检平生公与私，尚无罪迹污清白。
冥冥吉凶如有定，付之天命惧奚益。

【阅读链接】 陈嘉庚（1874～1961），福建厦门人。著名爱国华侨领袖、企业家、教育家、慈善家、社会活动家。抗战期间在新加坡筹款支援祖国抗日，致电汪精卫反对与日本和谈，组织南洋华侨回国视察慰问。新中国成立后任全国政协副主席、中国侨联主席等职。此诗1944年4月14日写于爪哇晦时园，选自《陈嘉庚自述》下册，第435页，安徽文艺出版社2013年版。

【作品简析】 抗战后期，日军凶相毕露，把战事从中国推向东南亚各地，不愿做“顺民”的陈嘉庚被迫从新加坡逃往印尼避难。近4年间，多次险遭日军发现逮捕，他却镇定自如，毫无畏惧。为申明他宁为玉碎、不为瓦全的高风亮节和光明磊落、乐观从容的人生态度，从不作诗的他提笔写下这首七言古体诗以抒其志。都说人各有志，这位年逾七旬的爱国华侨之志可谓鸿鹄之志，从中读到的是对日寇的憎恨之情、忧国忧民之情和期盼胜利之情。

寒衣曲

王季思

八月秋风起，千山木叶飞；
家家动刀尺，处处制寒衣。
寒衣制就寄何处？
共念前方征战苦。
嫂姑灯下忘夜深，
姐妹窗前愁日暮。
一针复一针，一剪复一剪；
旧布裁作里，新布缝作面。
一剪复一剪，一针复一针；
针针见侬意，剪剪见侬心。
侬心自恨非男子，
空向绣床学针指；
有针不得刺汉奸，
有剪不得剪鬼子。
自从鬼子犯中华，
残破神州千万家：
红颜狼藉污泥土，
白骨纵横撑乱麻。
愿君披此衣，勇气增百倍；
见侬针线痕，如见侬心意；
誓为死难同胞报此仇！
誓为被辱姐妹雪此耻！
他时杀敌归来立功高，
为君重制五色团花锦战袍！

【阅读链接】 王季思（1906～1996），浙江永嘉人。著名戏曲史家、戏曲评论家。1925 年考入东南大学中文系，毕业后在浙江省立十中等校执教，淞沪沦陷后投身抗日救亡工作，支持妹妹与外甥赴太行山参加八路军。1941 年后在浙江大学、中山大学等校任教授。此诗选自《王季思诗词录》第 24～25 页，浙江人民出版社 1981 年版。

【作品简析】 卢沟桥事变爆发后，日寇在中国土地上疯狂蹂躏，激起中国人民的极大愤怒，中国军队奋起抵抗。在前线，战士衣着单薄，征战艰苦。在后方，妇女拿起针线，为抗日战士缝制衣裳。此诗清新自然，情感丰富，描写姐妹们做针线活细致入微，体现了中华儿女同仇敌忾，军民团结抗战的生动场景。

北平妇女缝制军衣支援前线

记 遗 言

陈 毅

某女同志渡江遇敌负伤，临殁，同辈皆哭。乃张目视曰：“革命流血不流泪”，言讫而绝。余闻而壮其言，诗以志之。

革命流血不流泪，
生死寻常无怨尤。
碧血长江流不尽，
一言九鼎重千秋。

【阅读链接】 该诗引自《陈毅诗词选集》第44页，人民文学出版社1977年版。

【作品简析】 1940年10月，新四军军部战地服务团随江南部队支援苏北地区，渡江北上时遇敌，民运队队员李珉身负重伤，光荣牺牲。陈毅得知此事，深感悲痛，挥笔赋诗，对这位普通的新四军女战士给予了高度的评价，歌颂烈士忠于革命的坚强意志和高贵品质，赞扬其视死如归、战斗到底的高尚情操和革命精神，就像长江一样奔流不息，永垂不朽。全诗言简意赅，气势磅礴，感人至深。

第六辑　英魂含笑传捷音

八年，既极短暂，又很漫长；抗战，既会流血，又有牺牲。国家独立是无数英雄用鲜血换来的，民族解放是无数先烈用生命换来的。曾记否？宁死不屈的烈士赵一曼，用“满腔热血沃中华”书写自己31岁的历史；曾记否？矢志不渝的壮士吕大千，以“朝阳日日新”的信念迈过28个光辉年头；曾记否？骁勇善战的师长王铭章，在“孤军捍寇”壮烈牺牲时刚走完35个春秋。他们青春大放异彩，他们的英名光昭日月，他们的身躯永垂不朽，他们的事迹传诸万代。

人们不会忘记——抗战时期战死沙场军衔最高的张自忠上将、弹尽粮绝而跳崖的狼牙山五壮士、为掩护中共中央北方局等机关转移而牺牲的左权将军、被包围后与敌人日伪军同归于尽的24岁武工队政委陈辉……缅怀英烈，我们为他们鏖战沙场、无所畏惧的精神而骄傲，我们为他们视死如归、气吞江海的品格而自豪！

得道多助，失道寡助。在世界各国反法西斯力量的共同打击下，日本于1945年8月15日宣布无条件投降，中国人民取得抗日战争的伟大胜利。喜讯传来，曾协同29军守城的宛平县县长王冷斋用“爆竹雷喧起满城”记录当时的气氛，史学家陈寅恪用“何幸今生见此时”表明他的欣喜，诗人柳亚子用“阴霾扫尽睹光明”道出他的愉悦，

爱国民主人士陈叔通用“纵带惭颜喜欲狂”表达他的深情。在庆祝抗战胜利的日子里，这样的作品连篇累牍。长眠地下先烈听到这些诗作，定会含笑九泉。

诗句由饱含真情的文字构成，英雄豪杰用它吹响战斗号角，仁人志士用它表达赤胆忠心，革命烈士用它抒发报国情怀，文人墨客用它传递喜悦信息。在那全民抗战的年代里，在那炮火纷飞的战场上，诗歌与枪炮一样，为救国救亡发挥巨大的功用，留下弥足珍贵的文化遗产。

伟哉，中华民族抗击侵略者的战斗诗篇！

壮哉，世界人民反对法西斯的胜利之歌！

狱中诗

赵一曼

誓志为国不为家，涉江渡海走天涯。
男儿岂是全都好，女子缘何分外差。
一世忠贞兴故国，满腔热血沃中华。
白山黑水除敌寇，笑看旌旗红似花。

【阅读链接】 赵一曼（1905～1936），四川宜宾人，1926年加入中国共产党。九一八事变后到东北，任满洲省总工会组织部长等职。1935年11月在与日伪军作战时受伤被俘，次年8月被杀害。2010年被评为“100位为新中国成立作出突出贡献的英雄模范人物”之一。此诗作于1936年，选自肇星编《古今短诗三百首》第231页，人民文学出版社2005年版。

赵一曼像

【作品简析】 日军占领东北后，赵一曼响应党中央的号召，奔赴东北抗日前线，写下这首述志言情诗。作者在诗中抒发了自己甘愿为国为民而弃“小家”、跋山涉水也无所畏惧的豪迈志向，表明了自己能同男儿一样为国出力的坚强意志，体现了她为振兴国家、拯救民族而不惜牺牲生命的无畏气概。继而用充满浪漫主义的笔触描绘抗战胜利后的欢庆场面，展示了她对革命前途的美好憧憬和革命乐观主义精神。全诗激情充溢，格调高雅，语意慷慨，气势如虹，焕发出激越高昂的阳刚之美，是革命女性爱国主义诗篇的佳作，难能可贵。

狱中遗诗

吕大千

时代转红轮，
朝阳日日新；
今年春草除，
犹有来年春。

吕大千像

【阅读链接】 吕大千（1909～1937），黑龙江宾县人。1933 年加入中国共产党，曾任中共宾县特别支部宣传委员、书记等职。此诗写于 1937 年 7 月遇害前，选自萧三主编《革命烈士诗抄》第 138 页，中国青年出版社 1962 年版。

【作品简析】 1937 年 5 月，因党组织遭到破坏，吕大千被捕入狱，同年 7 月被日寇杀害于哈尔滨圈河。遇害前，作者在狱中面对敌人的严刑拷打，始终坚贞不屈，保持了崇高的民族气节，并用这首正气凛然的遗诗回答敌人的刑具。作者在诗中借物喻事，坚信中国民族解放的潮流不可阻挡，日寇必定失败的下场不容否认，就像太阳每天都从东方升起那样，历史车轮岂能任由螳螂阻挡？作者化用白居易“野火烧不尽，春风吹又生”名句而得“今年春草除，犹有来年春”，对抗日战争必定胜利充满了乐观信心，体现了革命者炙热如火的爱国激情和不畏牺牲的豪迈气概。

为王之钟师长战死滕县题其遗像

张　澜

席卷青徐势正危，孤军捍寇苦支持。
一城守死真罴冢，千载留名比豹皮。
部属半为猿鹤侣，魂归应是风雨时。
东征将士多忠烈，此日看君意更悲。

【阅读链接】　张澜（1872～1955），四川南充人。中国民主革命家。抗日战争时期任四川省抗战后援会主任、国民参政会参政员，积极参加抗日民主运动。新中国成立后历任中央人民政府副主席、全国政协副主席等职。该诗引自黎品、周子瑜编《张澜诗选》第31页，中国文史出版社1986年版。

【作品简析】　全面抗战爆发后，中国军民在以国共合作为基础的抗日民族统一战线旗帜下，迅猛地展开了全国规模的抗战。1938年3月，川军邓锡侯部第122师师长王铭章（字之钟）在山东滕县（今滕州市）保卫战中，孤军抗敌，壮烈殉国。6月13日，遗体被运抵成都。作者瞻仰烈士遗像，感而赋诗志哀，并借以激励军民的抗日士气。他将王师长比作南北朝时期以所守之城为坟墓的王罴，认为王铭章师长将名留千古，永远活在人们的心中，抒发其对为国捐躯烈士的崇高敬意及无限缅怀。

王铭章像

挽张自忠将军

张治中

裹革沙场骨尚温，捐糜顶踵为生存。
黄河浩荡流奇气，襄水斑斓洒血痕。
风雨中原恢汉土，衣冠此日认黄孙。
忠贞已是昭千载，我欲狂歌民族魂。

【阅读链接】 张治中（1890～1969），安徽巢县（今巢湖市）人。淞沪会战时在上海抵抗侵华日军。中华人民共和国成立后任全国人大常委会副委员长等职。此诗写于1940年5月，选自解放军红叶诗社选编《抗日烽火诗词选萃》第159页，解放军文艺出版社2007年版。

【作品简析】 抗战时期，张自忠任第五战区右翼集团军兼第三十三集团军总司令等职。1940年4月中旬，日寇从随枣地区进犯五战区，张将军抱着必死决心，身先士卒，指挥部队与敌激战，5月16日英勇战死沙场。本诗对张自忠将军视民族大义高于一切、为民族利益而不惜牺牲个人生命的壮烈行为做了高度评价，表达了作者对为国捐躯的民族英雄的崇敬之情和坚决抗战的决心。

张自忠像

狼牙山五壮士

邓　拓

北岳狼牙耸，
边疆血火红。
捐躯全大节，
断后竟奇功。
畴昔农家子，
今朝八路雄。
五人三烈士，
战史壮高风！

【阅读链接】　邓拓（1912～1966），福建闽侯人。当代杰出的新闻工作者、政论家、历史学家、诗人和杂文家。1930 年参加中国社会科学家联盟，同年加入中国共产党。抗战时期赴晋察冀边区，曾任《晋察冀日报》社社长兼总编辑、新华社晋察冀分社社长等职。新中国成立后历任中共北京市委书记处书记、中华全国新闻工作者协会主席、中国科学院哲学社会科学部委员等。此诗写于 1941 年 9 月，选自《邓拓诗词选》第 13 页，人民文学出版社 1979 年版。

【作品简析】　狼牙山位于河北省易县西部的太行山东麓，因其奇峰林立，峥嵘险峻，状若狼牙而得名。1941 年，日军对晋察冀根据地进行了连续的“扫荡”，9 月 24 日，3500 名日伪军突然包围了狼牙山地区，为掩护主力和群众转移，八路军晋察冀军区 1 分区 1 团 7 连 6 班 5 名战士于次日在狼牙山凭险阻敌，打退敌人多次进攻，苦战一天，完成任务时已弹尽粮绝。面临疯狂而上的日军，他们宁死不当俘虏，毅然跳崖。班长马宝玉，战士胡德林、胡福才壮烈牺牲，副班长葛振林、战士宋学义身悬崖壁，后被群众救回。此诗热情歌颂“五壮士”英勇顽强、视死如归、不怕牺牲的革命英雄主义精神，展现了中国共产党领导的人民军队的优秀质量。时至今天，“狼牙山五壮士”仍是中华民族的骄傲，是人民英雄的缩影，是革命军人的楷模。

狼牙山五壮士雕塑

挽左权同志

董必武

左君真卓荦，弱冠已从戎。
大略观孙子，精微究客翁。
长征尝险阻，抗日显英雄。
讵忆偏城陑，横尸马革中。

【阅读链接】 董必武（1886～1975），湖北黄安（今红安）人。1921年代表武汉小组出席中共一大。抗战时期是中共同国民党谈判的代表之一，在武汉、重庆开展统一战线工作。新中国成立后历任政务院副总理、中华人民共和国国家副主席等职。此诗写于1942年7月7日，选自董必武著《董必武诗选》第43页，人民文学出版社1986年版。

【作品简析】 左权（1905～1942），湖南醴陵人。抗战时期在华北抗日前线开展敌后游击战争，粉碎日军多次残酷“扫荡”，威震敌后。1942年5月，日军对太行山区抗日根据地进行“铁壁合围”大“扫荡”。25日在山西省辽县（今左权县）十字岭指挥部队掩护中共中央北方局、八路军总部机关和群众突围转移时壮烈殉国，年仅37岁，是中国共产党在抗日战场上阵亡级别最高的将领。在全面抗战爆发5周年纪念日当天，董必武悲愤交加，赋此诗以挽忠魂。诗中高度评价左权将军弱冠从戎、精通兵法的革命生涯，热情讴歌先烈的英雄气概和不朽精神，倾情抒发自己的满腹哀思与悼念之情。

左权像

无 题

陈 辉

英雄非无泪，不洒敌人前。
男儿七尺躯，愿为祖国捐。
英雄抛碧血，化为红杜鹃。
丈夫一死耳，羞杀狗汉奸。

【阅读链接】 陈辉（1920～1945），湖南常德人。全面抗战爆发前夕在湖南省立三中求学时加入该校中华民族解放先锋队和中国共产党，旋赴延安入“抗大”学习，1938 年到华北联合大学读书，毕业后到晋察冀边区通讯社当记者，后任涿县（今河北省涿州市）青救会主任、区委书记等职。因叛徒告密，1945 年 2 月 8 日凌晨陈辉在拒马河畔韩村堡垒户王德成家遭 100 多名日伪军包围，苦战数时，击伤特务后拉响手榴弹与敌人同归于尽，壮烈殉国，年仅 25 岁。该诗引自湖南省博物馆编《湖南革命烈士词书信选》第 167 页，湖南人民出版社 1981 年版。

【作品简析】 著名诗人田间曾这样评价陈辉：“他的手上，拿的是枪、手榴弹和诗歌。他年轻的一生，完全投入了战斗，为人民、为祖国、为世界，写下了一首崇高的赞美词。”读此诗，陈辉那不向敌人屈服、愿为民族解放事业献身的决心令人钦佩。他愿将热血“化为红杜鹃”，并践行诺言，是一个革命战士、一个爱国者崇高理想的体现。他笔下这响当当的诗句，激昂慷慨，气魄宏伟。

民国三十四年八月十日晚八时闻爆竹声乃知日敌乞降狂喜书感

王冷斋

汹涌鲸波万里倾，
降幡片片出东瀛。
捷音电闪传环宇，
爆竹雷喧起满城。
坚苦八年完胜利，
阴沉一旦复光明。
头颅拼掷宁无价，
必死方能庆更生。

【阅读链接】　王冷斋（1891～1960），福建福州人。七七事变时任宛平县（今门头沟区）县长，与国民党第29军坚守危城，抵抗日寇。新中国成立后，任中央文史馆馆员等职。此诗写于1945年8月10日，选自杨金亭等编《中国抗战诗词精选》第87页，北京燕山出版社1997年版。

【作品简析】　1945年8月10日早上7时，日本政府托瑞士、瑞典两中立国，向中、美、英、苏四国转交乞降照会，此消息于当日传遍全世界，下午6时，传至陪都重庆。两个小时后日本广播接受中、美、英三国7月26日签署的《波茨坦宣言》，宣布无条件投降。佳音传来，全国人民欣喜若狂，鸣炮庆贺。作者得知这一消息后，极度兴奋，遂赋诗表达内心的喜悦。“爆竹雷喧起满城”的欢庆场面，令经历者终生难忘。

乙酉八月十一日晨起闻日本乞降喜赋

陈寅恪

降书夕到醒方知，
何幸今生见此时。
闻讯杜陵欢至泣，
还家贺监病弥衰。
国仇已雪南迁耻，
家祭难忘北定诗。
念往忧来无限感，
喜心题句又成悲。

【阅读链接】 陈寅恪（1890～1969），江西义宁（今修水县）人，著名历史学家、语言学家、古典文学家。先后任教于清华大学、西南联大、广西大学、燕京大学、中山大学等高校。学界称其为“一代文史大师”。此诗写于1945年8月11日，选自《陈寅恪集·诗集》第49页，生活·读书·新知三联书店2001年版。

【作品简析】 1945年8月11日，日本乞求无条件投降的喜讯传来，作者闻讯无比欢欣激动而作此诗。该诗写得平易自然而寄意深远，所引杜甫、陆游之典又极妥帖、确切，将复杂的感情婉转道出。抗战胜利了，作者大有杜甫“剑外忽传收蓟北，初闻涕泪满衣裳”的喜悦之情，但想到个人的遭遇与国家的前途，念往忧来，不觉又转喜成悲，可谓忧喜交集，情感真切。

一九四五年九月三日为庆祝胜利日有作七迭城字韵

柳亚子

还我河山百二城，
阴霾扫尽睹光明。
半生颠沛肠犹热，
廿载艰虞志竟成。
团结和平群力瘁，
富强康乐兆民荣。
嘤鸣求友真堪喜，
抵掌雄谈意态京。

【阅读链接】 柳亚子（1887～1958），江苏苏州人。清末秀才，同盟会会员，曾任孙中山总统府秘书、上海通志馆馆长等职。抗战时期与宋庆龄、何香凝等从事抗日民主活动。中华人民共和国成立后历任中央人民政府委员、全国人大常委会委员。此诗选自《柳亚子诗选》第125页，人民文学出版社1959年版。

【作品简析】 1945年9月2日，日本正式在投降书上签字，中国人民抗日战争降下胜利的帷幕。为革命奔走呼号、颠沛流离的诗人极度喜悦，欣然赋诗。此诗首联道出收复壮丽山河的欣喜，二联叙述革命获得胜利之艰辛，三联发出建设富强国家的呼唤，尾联描述作者与老友激动畅聊情景，全篇紧密相扣，一气呵成，读来令人振奋。

日寇乞降喜而不寐枕上作

陈叔通

围城偷活鬓加霜，
八载何曾苦备尝。
未见整师下江汉，
已传降表出扶桑。
明知后事纷难说，
纵带惭颜喜欲狂。
似此兴亡亦儿戏，
要须努力救疮伤。

【阅读链接】 陈叔通（1876～1966），浙江杭州人。清末翰林。甲午战争后留学日本，曾参加戊戌维新运动。辛亥革命后参加反对袁世凯的斗争。此后长期担任上海商务印书馆董事、浙江兴业银行董事等职。抗日战争期间参加抗日救亡活动。中华人民共和国成立后历任全国人大常委会副委员长、全国政协副主席等职。此诗写于1945年8月，选自杨子才编注《民国六百家诗钞(1911年—1949年)》第93页，长征出版社2009年版。

【作品简析】 作为著名爱国民主人士，陈叔通一生忧国忧民，追求真理。抗战期间，他身居上海，闭门谢客，不顾日伪军的威逼利诱，坚决拒绝担任伪职。1945年8月10日晚，从黄浦江畔的苏联驻沪领事馆传出日本投降的消息，蛰伏家中长达8年的陈叔通心潮澎湃，喜而不寐，提笔写下心中的愉悦。在表明“喜欲狂”的心情之后，笔锋一转，用“要须努力救疮伤”的希冀结尾，建设美好未来、走上文明富强的康庄大道的嘱托，留给读者巨大的想象空间。

后记

我们编撰过多种著作，选编这样小部头的书却是第一次。此书篇幅不大，耗费的时间和精力还真不少，这是我们始料未及的。

今年过完春节不久，我们在进行抗战田野考察途中接受约稿，心有灵犀之感油然而生。这种感受，非亲身体验者难以描述。兴奋之余，我们因能给纪念抗战多做一件同类事情而愈加高兴，还以为本书难度不大而信心满满。

然而，进入实际操作之后才发现，许多问题并非我们当初想象的那么简单。抗战诗歌那么多，从何处入手遴选是首先碰到的难题，选择的标准接踵而至，分类、平衡、介绍、导读继之而来……

终于，书稿在一道道苦乐交加的工序之后杀青了，萦绕胸襟的心结尚久久不能释然。我们为抗日勇士的壮举而骄傲，我们为优秀诗篇的创作而震撼，我们更为选编工作的种种舛误而忧心忡忡。愉悦也好，顾虑也罢，我们多么希望能和读者朋友以此为起点，在诗的海洋里荡漾。

由于我们被手头的其他事情挤占时间，此书是在手忙脚乱中成型的，其中的不足来不及弥补，遗憾至深。若有修订机会，我们定将倍加珍惜，予以完善。百尺竿头，更进一步，是我们的孜孜以求和殷切期待。梦想成真日，未知在何时，有一点则始终不渝，那就是我们不会停下前行的脚步。

广西教育出版社的领导及编辑为本书的出版费尽了心力，从选题策划到内容的框定，他们都做了精心指导，特此致谢。

收入本书的作品，是从众多诗歌中反复筛选出来的。其间，广西师范大学历史文化与旅游学院的研究生黎春晓、王抒慧、张凯、陈恒慧，以及本科生玉思兰、石梦玲等人，参与了部分原诗的摘抄和校对工作。尽管有些诗歌选了又删，吃力不讨好，但他们毫无怨言，我们大为感动，于此谨表谢忱。

黄振南　陈　峥

2015 年 8 月 5 日